俄耳甫斯诗译丛

Vicente Huidobro
El universo viene a picotear en mis manos

比森特·维多夫罗
Vicente Huidobro
1893—1948

智利诗人,西语美洲先锋派诗歌的代表人物,
"创造主义"之父。

比森特·维多夫罗,毕加索绘,1921

宇宙来我手中啄食：维多夫罗诗选

[智利]比森特·维多夫罗 著
范晔 译

译林出版社

俄耳甫斯队列

凌越

在古希腊神话里,有关俄耳甫斯不多的表述,构成了一个极为复杂的诗人形象。这个形象是后世诗人的隐喻,也可以说是某种意义上的谶语。首先,作为河神奥阿格罗斯和缪斯卡莉俄佩的儿子,俄耳甫斯自然是典范的诗人,他的歌声如此动听,以至于可以使树木弯枝,顽石移步,野兽俯首,波浪平息。奥维德在《变形记》中这样描述俄耳甫斯:

就是说歌手牵来了这样一个小树林,他坐在
中间,被野兽和荒地围绕着,被一群群鸟儿。[1]

---

[1] 里尔克,《致俄耳甫斯的十四行诗》,林克译。重庆:重庆大学出版社,2015年,第129页。

这是诗歌特有的蛊惑力的形象化处理，诗人依靠自身的凡人之躯，利用自己的歌声（词语）掌握了神奇的力量，在接通词语感应器的某个瞬间，诗人仿佛就是神祇的化身，他是一瞬间的通灵者，他是电光石火间那张智者的面容。

为了凸显俄耳甫斯所掌握的神奇伟力，一种悲剧性的力量一直与其如影随形。在那幅万兽温顺地聆听俄耳甫斯歌唱的宁静画面之后，是其妻欧律狄克被蛇咬伤致死。为了挽回妻子的生命，俄耳甫斯下到地府，以自己的歌声驯服了守护冥界出口的恶狗刻耳柏洛斯，使复仇女神流出眼泪，使冥界王后珀耳塞福涅深受感动。于是，他们准许俄耳甫斯把妻子带回人间，但前提是在走出冥界前，他不能回头看他的妻子，也不能和她说话。

如果故事到此为止，那是诗人和词语完胜死亡和宿命的画面，但那无疑是一种轻佻的胜利，它来得太过轻易而让人生出疑窦。的确，上天不会轻易放过诗人，所有人凭直觉就可以猜测到坎坷的命运还等在后面，警觉的鹰犬埋伏在人生的每一条岔道里伺机而动。

因为长久的寂静所形成的压迫感，因为歌声被封锁在语言的棺椁里，俄耳甫斯终于回过头来，立刻置自己最心爱的人于万劫不复的境地。这是他放弃语言带来的最深重的惩罚，可悖论是，这恰恰也是他必须遵守的契约。在此，诗人的形象越发清晰了，他勇猛睿智，手握语言的利器，似乎无往而不利，但语言本身的复杂，它强大的后坐力往往将诗人置于极为被动的境地。在更长远的视角里，在时间魔术师众多的玩偶里，诗人不得不是那个面对惨景的哀泣者——为死亡，为命运的无常，而之前他所拥有的美妙歌声竟然只是为了镂刻出此刻的悲戚。

悲剧仍在继续，俄耳甫斯因为拒绝参加狂欢秘祭激怒了酒神狂女迈那德斯，而被那些女祭司撕成碎片，但即便如此，俄耳甫斯死后，他被砍掉的头颅仍然在歌唱，而他的古琴也在继续鸣响——也许这浸染着血腥、死亡、悲愤、勇气和骄傲的声音，正是后世一代又一代诗人飞蛾扑火般投入词语队列里的原因吧。以无惧死亡的勇气，去获取平息万物躁动的美妙乐音，这是所有诗人共同的愿景；从这里，他们有望获得俄耳甫斯以死亡练就的语言炼金术，并借由语言而获得永生。

我们将这套酝酿多年的外国诗歌译丛，谨慎地命名为"俄耳甫斯诗译丛",正是因为俄耳甫斯这个经典诗人形象所蕴含的复杂况味,这个集技艺、勇气、痛苦和不屈于一身的诗人,恰恰是我们这个译丛渴望获得的品质。在第一辑推出霍夫曼斯塔尔、布莱希特、勒内·夏尔、翁加雷蒂、安德拉德这几位杰出的西方诗人之后,构成第二辑的依旧是一组可以坦然归属于俄耳甫斯队列的名字——桑德堡、维多夫罗、尤若夫·阿蒂拉、塞克斯顿、阿赫玛杜琳娜和安妮·卡森。我想珀耳塞福涅会继续为他们精彩的诗句动容,而欧律狄克的苏醒则是所有后来的书写活动所指向的唯一目标。

这个以俄耳甫斯为首的队列,将同时照亮天堂和地府,将使"廊柱震颤不已"[1],而你所能做的"就是为它们创造聆听之神庙"[2]。让我们像动物那样俯下身来,去倾听那闪光的词语从诗人嘴里所发出的声音。

---

[1] 里尔克,《致俄耳甫斯的十四行诗》,林克译。重庆:重庆大学出版社,2015年,第6页。
[2] 同上。

目 录

寻找比森特·维多夫罗（巴勃罗·聂鲁达） *i*

水镜（1916）
诗艺 *5*
水镜 *7*
忧伤的人 *8*
快乐的人 *11*
秋天 *13*
新年 *14*

方形地平线（1917）
歌 *19*
寓言 *20*

北极诗（1918）
- 移居美利坚　　　　　　　　　　*23*
- 孩子　　　　　　　　　　　　　*25*
- 月亮　　　　　　　　　　　　　*27*
- 海员　　　　　　　　　　　　　*29*
- 北极海　　　　　　　　　　　　*31*

埃菲尔铁塔（1918）
- 埃菲尔铁塔　　　　　　　　　　*35*

高骛（1931）
- 序咏　　　　　　　　　　　　　*43*
- 第一歌　　　　　　　　　　　　*51*
- 第二歌　　　　　　　　　　　　*91*
- 第三歌　　　　　　　　　　　　*102*
- 第四歌　　　　　　　　　　　　*113*
- 第五歌　　　　　　　　　　　　*133*
- 第六歌　　　　　　　　　　　　*169*
- 第七歌　　　　　　　　　　　　*179*

看与触摸（1941）
再会 *185*
家庭成员 *187*
蛋与无穷之歌 *190*

遗忘国公民（1941）
在时间耳畔 *197*

最后的诗（1949）
西班牙 *203*
海的纪念碑 *207*

附录
创造主义 *217*
逆风（1926，节选） *227*
悲剧（1939） *231*
致维多夫罗的信（贡萨洛·罗哈斯） *233*
维多夫罗年表 *237*

寻找比森特·维多夫罗

巴勃罗·聂鲁达

他们告诉我几天前是比森特·维多夫罗去世二十周年。

我才知道。我从来不是他的朋友。文学生涯残忍地将我们分开。

但对于他的诗歌,我觉得自己有义不容辞的责任。

在重读他的作品时,最令我惊异的是他的明澈。这位文学诗人,曾紧随一个混乱时代的所有潮流,并主张无视大自然的森罗万象,却让他的诗歌久久回响着水的吟唱,风与叶的呢喃,庄严的人性之光全然笼罩了他晚期及最后的诗作。

从受法国诗风影响之作中的迷人技艺到奠基之作中

的强大力量，在维多夫罗身上一以贯之的是游戏与火焰、逃避与牺牲的斗争。这斗争成为一场演出：在完全的光照下，也在近乎完全的意识中，伴随着炫目的明亮。我将比森特·维多夫罗视为我们语言的一位经典诗人，我们迷上了这没有终结的激流，永无尽头的明亮之流。再没有维多夫罗这样明亮的诗歌。

就像他大部分的散文作品受作家个性影响，受他爱游戏的个性牵累一样，他的诗歌作品是一面镜子，折射出纯粹愉悦的种种形象或自我献身的游戏。因为在我看来，维多夫罗在自身的游戏与火焰中自我消磨。他的诗歌智性是他光辉的关钥，但自我传奇的爱好终究减损和埋没了这光彩。幸运的是，他的诗歌将拯救关于他的记忆，这一记忆将继续在深度与广度上扩展。

对独创性的追求，诗人维多夫罗一生未变。他在生命中和在思想上都独树一帜。然而，当时代的喧声退潮，令他与众不同的却不是那些标新立异之举。这种追求常常使作家变成自身的漫画像。重读维多夫罗时我们发现，他那些高傲的姿态伴随生命结束，并未破坏他的透明。他的众多诗行仍然拥有一种貌似缺乏的鲜活，或许因为诞生于智性的构想。如今我们看到诗行中露珠闪烁，仿佛曙光中的草叶。

我们应当努力争取，将他这等境界和水准的诗人视同国家文化遗产。我曾建议为他立一座纪念碑，与鲁文·达里奥并列，但我们的政府总是吝啬于为创造者树碑，而慷慨于为无谓者造像。

我们无法把维多夫罗想象为一位政坛人物，尽管他曾干劲十足地冲入政治领域。他对种种理念有着被溺爱的孩子般的轻率。但这一切都已尘埃落定，如果我们冒着伤害翅膀的危险，用政治的大头针钉住他，那轻率的人就是我们自己。

然而，对我来说，维多夫罗为十月革命与列宁之死而作的诗歌是他对人类伟大觉醒的重要贡献。

在维多夫罗最后的几年中，他尝试重拾和改善我们曾短暂享有的关系——在他第一次从欧洲回来的时候。而我，被文坛风波所伤害，没有接受。我已经无数次为自己的固执而懊悔。我不过是凡人，背负着外省人的缺点。那些日子里我没与他见面，之后也再没见到他。从那时起，我只有在他的诗歌里继续与他对话。

宇宙来我手中啄食：
维多夫罗诗选

El universo viene a picotear en mis manos

水镜

(1916)

诗艺

诗歌应该像钥匙

能打开一千扇门。

一片叶落下；某个物体飞过；

凡眼睛所见的都被创造，

凡听到的人都灵魂要颤抖。

去发明众多新世界并当心你的词语；

形容词要么赋予生机，要么扼杀。

我们在神经的周期中。

肌肉悬停，

好像记忆，在博物馆里；

但我们并不因此缺少力量；

真正的活力

在于头脑。

诗人哪,为何将玫瑰歌唱?
要让她在诗行中绽放!

日光之下的森罗万象
只因我们而活。

诗人是一位小造物神。

水镜

我的镜子,流动在夜里,
化作小溪远离我的房间。

我的镜子,比星球更深沉
所有的天鹅在其中溺亡。

是城墙上一汪绿色的池塘
中间睡着你停泊的赤裸。

在她的波浪上,梦游的天空下
我的梦幻远离如船舶。

你们将看到我永远立在船头放歌。
一朵秘密的玫瑰在我胸中鼓胀
一只迷醉的夜莺在我指尖拍打翅膀。

忧伤的人

许多声音哭泣在我心头……
不再去想任何事情。
记忆醒来痛苦也醒来,
要小心一切没关好的门。

万物筋疲力尽。

 在卧室,
窗后花园死去的地方,
叶子在哭泣。

世界在烟囱里消沉。

一切幽暗无光,
没有生气,

只在日落的暮色里
有猫的眼眸闪耀。

路上一个男人远去。

地平线开口说话，
它身后一切垂危。
一言不发就死去的母亲
在我的咽喉劳作。

　你的样子在火边明亮
有什么想要离开。
　　　流水在花园低语。

有人在别的房间里咳嗽，
一个苍老的声音。

　　　　太遥远！

一点点死亡
颤抖在每个角落。

快乐的人

　雨不会再下，
但有几滴眼泪
还闪耀在你的发间。

一个男人在太阳上跳跃。

他的眼中充满所有道路的尘土。

他的歌声并非发自他的嘴唇。

白昼撞在玻璃上
焦虑云消雾散。

宇宙
比我的镜子更明澈。

鸟儿的飞行与孩子的呼喊
是同一种颜色，
　　　　　　绿，
　在树木之上，

比天更高的地方，
听见钟声的飞行。

秋天

我在眼中保存着
你泪水的温度……
最后的泪水,
因你不会再哭泣。

  从万千道路
秋天到来
席卷所有的叶子。

哦多疲倦!

一场翅膀的雨
覆满地面。

新年

雅各的梦已然成真[1];
一只眼睛对镜张开
人们走向幕布
抛下身体如旧外套。

电影《一九一六》
从盒中出来。

欧洲战争。

雨落在观众身上
有颤抖的响声。

---

1 《旧约·创世记》28:12"(雅各)梦见一个梯子立在地上,梯子的头顶着天,有神的使者在梯子上,上去下来。"

很冷。

在影厅后面
一个老人投向虚空。

方形地平线

（1917）

歌

某个人
   不是你
在墙后面唱歌
镜子
把声音分成两半
而遭海难的群星
     睡在你胸前

你是谁

     回答的声音
来自比你胸膛更远的地方

寓言

咬过自己影子的狗

在小溪中流血

风吹过

抹去它头上飞鸟

　　　的眼泪

舔着自己的影子

不时叫上几声

望着枯萎的星星

有几只蝴蝶环绕

它知道东方三博士的星

比盲人的狗更忠诚

北极诗

(1918)

移居美利坚

电动的星星
点燃在风中

  若干星相学符号
       落入海中

  那位唱歌的移民
  明天将出发

生活
     寻找

被缚在船上
    好像缚于一种星象
二十天在海上

在水面下

植物章鱼遨游

在地平线之后

　　另一个港口

在密林中

花瓣脱落的玫瑰

　　　　　　照亮大街小巷

孩子

那个家
    坐落在时间里
在云朵上面
     被风吹远的云
一只死去的鸟经过

落下它的羽毛在秋天上

一个孩子没有翅膀 { 小帆船滑动
看着窗户   在桅杆的阴影下
       鱼群害怕打碎水面

忘记了母亲的名字

在好像旗帜

    挥舞的门后

屋顶布满星光的洞

    祖父睡着了

从他的胡须落下
    一点点雪花

月亮

我们太远离生活
风都让我们叹息

月亮发出响声好像一座钟

我们徒劳地逃走
冬天倒在我们的路上
往日充满枯叶
迷失了林中路

    我们在树下抽了太多的烟
    巴旦杏都染上烟草的味道

      半夜

在遥远的生活之上

　　　　　　有人哭泣

而月亮忘记了报时

海员

那鸟儿第一次飞行
向后望着离开鸟巢

手指按在嘴唇上
     我已呼唤你们

我发明了水的游戏
在树木的顶峰

我把你变作女人中最美丽者
美丽到让你在黄昏时泛起酡颜

    月亮远离了我们
     在北极抛下一顶花冠

我令河流奔走

从未存在的河流

一声呼喊我抬起一座山
我们在四周跳起一支新的舞

  我剪下所有的玫瑰
   从东方的云朵

我教一只白雪鸟唱歌

让我们在被释放的月份上行进

我是古老的海员
      缝起被剪下的地平线

北极海

北极海
　　　悬挂于落日

云彩间一只飞鸟燃烧

日复一日
　　　　　羽毛依次飘下
落在所有屋顶的屋瓦

是谁展平了彩虹[1]
　　　　　已经没有安息

---

1 《旧约·创世记》9:14-15"我使云彩盖地的时候，必有虹现在云彩中，我便纪念我与你们和各样有血肉的活物所立的约，水就再不泛滥毁坏一切有血肉的物了。"

柔软如双翼

　　　　　　是我的床

在北极海上
我寻找飞离我胸膛的云雀

埃菲尔铁塔

(1918)

埃菲尔铁塔[1]

埃菲尔铁塔

天空的吉他

   你无绳的电文

   吸引词语

   如玫瑰吸引蜂群

在夜间

塞纳河不再流动

   望远镜或号角

   埃菲尔铁塔

---

1 原诗写于1917年,现存两个法文版本,其中较长的版本即1918年于马德里出版的单行本,题献给法国画家罗伯特·德劳内(Robert Delaunay,1885—1941),封面也用了这位艺术家的作品,正文共四页,分别用四种底色。此处据1926年的西文版译出,译者是西班牙作家和文学批评家拉斐尔·坎西诺斯·阿森斯(Rafael Cansinos Assens, 1883—1964)。

是一座词语的蜂巢

或蜂蜜满盈的墨水瓶

    在晨曦的深处

    一只以电线为足的蜘蛛

    编织云彩的料子

    我的孩子

    要爬上埃菲尔铁塔

    沿着一首歌攀登

   多

      来

         迷

           法

              索

                 拉

                    西

                       多

我们已经在上面

一只鸟歌唱

在电报的

触角上

    那是风

    属于欧罗巴

    电动的风

    在那下面

礼帽飞翔

长着翅膀却不歌唱

雅各宾

    法兰西的女儿

你在高处看见了什么

塞纳河沉睡

在桥梁的阴影下

我看见大地旋转

我吹响号角

为所有的海

在你的馥香

铺成的路上

所有的蜜蜂和词语四散

在世界四方

有谁听不见这歌唱

我是地极晨曦的女王

我是每到秋日凋零的

风玫瑰

充满霜雪

我因这玫瑰之死而死

在我脑中有只鸟儿终年歌唱

这就是某一天铁塔对我所说

埃菲尔铁塔

世界的囚笼

歌唱

    歌唱

巴黎的钟鸣

这悬停在虚空的巨人
是法兰西的招贴画

    到胜利之日
    将由你讲给群星

高鹥

（1931）

序咏

我生于三十三岁,基督殉难之日;我生于昼夜平分时,在绣球花与热力飞机之下。

那时我深沉凝视如雏鸽,如隧道亦如感伤的机动车。我倾吐叹息如杂耍人。

我的父亲是盲人,他的双手令人赞叹胜过黑夜。

我爱黑夜,所有白日的冠冕。

黑夜,白日的夜,从这一日到下一日。

我的母亲谈吐如曙光,又如旋即下坠的飞艇。她的头发有旌旗的颜色,眼中盈满遥远的船只。

一天下午,我拾起我的降落伞,并说:"在一颗星与两只燕子之间。"于是死亡走近如大地临近下坠的气球。

我的母亲将荒弃的眼泪绣入最初的虹霓。

而此时我的降落伞由梦而梦落入死亡的畛域。

第一日我遇见一只未知的飞鸟对我说:"如果我是单峰驼就不会再渴。现在几点?"他饮下我发间的露珠，看了我三回又半回，就说着"再会"离开，戴着他华丽的围巾。

那一日将近两点的时候，我遇见一架美妙的飞机，满载鳞片与贝壳。它在寻找天空中一个避雨的角落。

在远方，一切停泊的船，在曙光的洇染中。蓦然间，次第起锚而去，席卷不可抗拒的曙光之条缕如旗帜。

随着最后一批航船离去，曙光消失在几阵肆意膨胀的浪波里。

这时我听见造物主开声，无名之主，只是空虚中至简的空洞，美如肚脐。

"我造大响声，这响声创生洋海及洋海中的波浪。

"这响声必永远贴合于海中波浪，海中波浪也必附着于他，如同明信片上的邮票。

"此后我纺出电光的长线来编织一个个时日；日子有真实或重获的源起，无可置疑。

"此后我勾勒大陆的地理和手掌的纹路。

"此后我喝下少许白兰地（出于水文地理学）。

"此后我造嘴与嘴唇，为囚禁暧昧的微笑，又造嘴中的牙齿，为监视来我们嘴边的詈语。

"我造嘴中的舌头，而人们使其偏离本色去学会言说……让她，她，美丽的泅泳者，永远偏离她水生的及纯然爱抚者的角色。"

我的降落伞开始飞速下降。那引力来自死亡和敞开的坟墓。

你们能否相信，坟墓更胜过爱人眼眸的力量。敞开的坟墓磁力全开。我把这些告诉你，你微笑时让人想起世界的初始。

我的降落伞卷入一颗熄灭的星，它仍自动自觉地沿轨道运转，好像对自己的徒劳一无所知。

利用这应得的喘息，我开始用深刻的思想填充我棋盘的格子：

"真正的诗是火灾。诗歌四处蔓延，照亮它的完结，伴之以快乐或痛苦的战栗。

"应该用母语之外的语言写作。

"天地四方有三：南与北。

"一首诗是将成之物。

"一首诗是永未成为，但应该成为之物。

"一首诗是永未完成,且永不可能之物。

"快逃离外在的崇高,如果你不想被风碾压而死。

"我每年至少要做一件疯狂的事,不然我会疯狂。"

我重整自己的降落伞,从旋转中的星的边缘,跃向最后叹息的大气。

我无休止地滚落在梦的石头上,滚落在死亡的云朵之间。

我遇上了童贞圣母,她坐在一朵玫瑰上对我说:

"看我的双手:透明得好像电灯泡。你可看见钨丝里流淌着血,是我的不可触之光?

"看我的光轮。上面有裂纹,证明我的年衰。

"我是童贞女,未受人的玷染,唯一的完全者,我是其他一万一千童女的首领,她们的确被修复得太过。

"我所说的言语充满人心,依照云彩连通的定律。

"我永远说再会,而我驻留。

"爱我吧,我的孩子,因我喜爱你的诗,我将教导你空中的壮举。

"我太需要温柔,吻我的头发,我今晨刚在黎明的云朵中洗净,现在我想要睡在间歇的薄雾之床上。

"我的目光是地平线上的线缆，让燕子们栖息。

"爱我。"

我屈膝跪倒在环形空间，圣母起身来坐在我的降落伞上。

我睡着了，吟诵起我最美的诗。

我诗歌的火焰烘干了圣母的长发，她向我致谢就离开，坐在她柔软的玫瑰上。

于是我孤单一人，好像无名海难中的小小孤儿。

啊，真美……真美。

我看见群山，河流，林莽，大海，航船，花朵和贝壳。

我看见黑夜和白昼并联结二者的轴。

啊，啊，我是高鹜，至高的诗人，没有食蘼草的骏马，没有因月光而火热的咽喉，只有我的小小降落伞好像阳伞遮蔽群星。

从额头的每一滴汗我让一颗星辰诞生，施洗的任务就留给你们好像对待酒瓶。

我看见一切，我的头脑经先知的语言锻造。

山岭是上帝的叹息，在膨胀的温度计中升腾直到触及爱人的纤足。

那看见一切者，知晓一切秘密却非沃尔特·惠特曼，因我从未拥有胡须雪白如美丽的护士又如冰冻的溪流。

那人在夜间听见伪币制造者的锤声，他们不过是活跃的天文学家。

那人在大洪水后啜饮智慧的火热杯盏，遵从鸽子的征象并知晓疲惫的道路，船只留下的沸腾轨迹。

那人知晓记忆的百货商店与被遗忘的美好季节。

他，放牧飞机的牧人，导引迷失的黑夜与驯服的西风朝向唯一的极点。

他的哀叹近乎无人得见的闪耀的陨石之网。

岁月在他心里耸立而他垂下眼睑让黑夜成为农人的休憩。

他在上帝的眼光中洗手，他梳理头发如同光芒和鼹足之雨后收获的干瘪麦穗。

呼喊声远去如同羊群在山脊，群星在劳作不息的一夜后沉沉睡去。

俊美的猎人迎上天蓝的水钵，没有心的飞鸟在其中饮水。

你要悲伤如羚羊，面对无限与风雨雷电，如寥无蜃景的荒漠。

直到因亲吻而肿胀的嘴唇到来，收获流亡的季节。

你要悲伤，因她将你等待，在这飞逝一年中的某个角落。

她或许在你下一首歌的尽头，她美如瀑布，华美如赤道。

你要悲伤，悲伤胜过玫瑰，我们目光的牢笼，稚拙的蜜蜂的牢笼。

生命是一场降落伞之旅，而非如你所想。

我们下坠，下坠从我们的天顶到我们的天底，任凭空气被鲜血玷染让明天来的人呼吸中毒。

在你自身之内，在你自身之外，你将从天顶坠入天底因为这是你的宿命，你凄惨的宿命。越从高处坠下，反弹就越高，你在石头的记忆中就越持久。

我们已从母亲的腹中或从一颗星的边缘跃出，现在我们下坠。

啊，我的降落伞，大气层唯一的芬芳玫瑰，死亡的玫瑰，从死亡的众星体之间坠落。

你们可曾听到？那是紧锁的胸膛发出的不祥之声。

打开你灵魂的门，出去呼吸外界的气息。你可以用一声叹息打开被风暴锁闭的门。

人啊，这里有你的降落伞神奇如眩晕。

诗人，这里有你的降落伞神奇如深渊之磁石。

魔法师，这里有你的降落伞，你一个字就可以把它变为上升伞，神奇如闪电能致上帝于目盲。

你还等什么？

但这里有秘密，属于那已忘却如何微笑的暗昧者。

而降落伞在等待中系于门扉，如无尽逃逸的骐骥。

第一歌

高骛你为何失丧最初的沉静
怎样的恶天使栖于你微笑的门扉
利剑在手？
谁播撒烦恼在你双眼的平川如同一位神祇的装饰？

为何那一天你突感存在的可怖？
那声音向你呼喊你活着却看不到自己的活
是谁纠合你的思想在一切痛苦之风的交界处？

你梦想的钻石破碎于麻木的海上
你已然失丧，高骛
孤零零在宇宙中
孤零零如一枚音符绽放于空虚之巅
无善无恶也无真理秩序或美
高骛你在何处栖身？

烦恼的星云经过如河流

以引力的定律牵动我

星云在气味中凝固逃离自身的孤独

我感觉一架望远镜瞄准我如来复枪

彗星之尾抽打我的脸庞又饱含着永恒经过

不知疲惫地寻找一个湖泊在其中重温它无法回避的
  使命

高骛你将死去　　你的声音将干涸你将变为无形

地球继续转动沿其精确的轨道

担心失足如同走钢丝的人脚下绑系着惊恐的目光

你徒劳寻找疯狂的眼眸

没有出口而风取代了诸行星

你以为永恒下坠也无妨只要能够脱逃

你没看见下坠已开始？

清除你头脑中的偏见与道德

如若想高举自己只会一无所获

任凭自己一直下坠不必恐惧阴影的尽头

或许你会遇见无夜之光

迷失在深渊的罅隙里

下坠

   永恒下坠

坠向无限的尽头

坠向时间的尽头

坠向你自身的尽头

坠向尽可能下坠的最低处

下坠而无眩晕

穿过所有空间所有时代

穿过所有渴求的和所有遇难的所有灵魂

下坠并点燃路过的星体和洋海

点燃凝望你的眼睛和守候你的心

点燃风用你的声音

风在你的声音中交缠

黑夜冷却在它骨头的洞穴

坠入童年

坠入暮年

坠入泪水

坠入笑容

坠入宇宙之上的音乐

从你的头坠向你的脚

从你的脚坠向你的头

从洋海坠向泉源

坠入最终的静默之渊

如同航船沉没中灯火熄灭

一切终结

噬人的大海拍打无情的岩石之门

群狗向着死去的时辰吠叫

天空倾听群星远走时的跫音

你孤独一人

你直奔死亡如同冰山脱离极地

黑夜下坠到洋海中寻找它的心

目光壮大如激流

一旦浪潮回转

月亮这光的孩子便逃离远海

你看这天空盈满

丰饶胜过矿脉的溪流

天空充满期待洗礼的群星

这群星都从一颗石质星球迸射而出

而它自己被投入永恒之水

他们不知自己所求也不知隐秘的网罗在远方

是怎样的手掌控缰绳

怎样的胸膛呼出气息在上面

更不知那里是否没有手没有胸膛

渔获的群山

拥有我欲望的高度

而我将最终的烦恼抛出黑夜

在飞鸟歌唱中散播于世界诸方

你们要修理黎明的引擎

当我坐在自己双眼的边缘

出席缤纷万象的入场

我是高骛

高骛

被囚于他命运的牢笼

我徒劳地握紧可能遁逃的铁条

一朵花封锁道路

兀立如火焰的雕像

不可能的遁逃

在焦灼中赶路的我

比包围圈中无光的军队更虚弱

我睁开双眼

于基督教濒亡的世代

扭动在它垂死的十字架

即将交付最后的气息

到明天我们要放什么来补上那空缺?

我们将放置黎明或黄昏

抑或不一定非要放置什么?

荆棘的冠冕

沥尽最后的星辉已萎谢

基督教将死亡它未曾解决任何问题

仅仅教导死亡的连祷词

死在两千年的绵延之后

一记宏巨的炮击为基督纪画下句号

基督想要死去伴随千百万灵魂

与他的教堂一同沉没

与浩荡的扈从穿越死亡

一千架飞机向新纪元致意

他们是神谕与旌旗

仅仅六个月之前

我留下新切割的赤道

在耐心奴仆的战争之墓

一顶慈悲之冠为人类的愚蠢加冕

是我在 1919 这一年说话

是冬天

欧洲已埋葬他所有的死人

一千滴眼泪只拼出一个雪的十字架

你们看那人手挥舞的草原

千百万工人最终豁然开朗

向天空高举他们曙光的旗帜

你们来你们来我们在等待因为你们是希望

唯一的希望

最后的希望

我是高骞我的二重身

他观看自身行事也当面嘲笑对方

他从自己的星辰之巅坠下

旅行了二十五年

悬在他自身偏见的降落伞

我是高骞无穷焦虑者

永恒饥饿与沮丧者

肉体被痛苦之犁翻耕

如何能入睡当心中满怀未知之地？

难题

奥秘都悬在我胸口

我独自一人

从身体到身体的距离

阔大如灵魂到灵魂

独自

  独自

    独自

我独自滞留在垂死一年的顶点

宇宙崩坏在我脚前的浪潮

行星环绕我的头运转

经过时扬风吹乱我的发丝

却未留下能填充众渊的答案

也未曾感受那种惊人的渴想去天空物种中寻找

一个母性的存在令心灵在其间沉睡

一张床在谜团风暴的阴影下

一只手爱抚狂热的搏动

上帝溶化于空无并万有

上帝万有并空无

上帝在词语在姿态中

上帝头脑

上帝气息

上帝年轻上帝衰老

上帝腐坏

遥远并切近

上帝被揉入我的苦闷

让我们继续在脑中耕作舛误之地

让我们继续耕作真实之地在胸中

让我们继续

永远像昨天明天和随后和将来

不

不可能　让我们改变命定

让我们烧灼自己的肉体在曙光之眼

让我们饮下死亡羞怯的清醒

死亡那极地般的清醒

混沌歌唱献给混沌它长着人的胸口

哀哭从回声到回声传遍整个宇宙

携着他的神话在幻觉之间兜转

空虚的烦恼并生高热

苦涩的良心源自徒劳的献祭

源自太空挫败的无用经验

源自失丧的演习

即使在人类消失之后

直到他的记忆焚没于时间的火堆

仍将存留下痛的味道在尘世气象

众多世代从哀号的凄惨心胸呼出

不祥的阴影将存留于空间

来自一滴庞然的泪水

一个迷失声音的绝望号叫

空无空无空无

不

不可能

让我们极尽欢乐

让我们耗尽生命于生命

让死亡死于憔悴狂想的渗透

以及纤弱的钢琴与变幻如蛹的旌旗

死亡的石头在世界边缘怨声连连

风刮走他们苦涩的花期

和未能诞生的春天的无助

一切都是圈套

    灵魂的圈套

电动的输血在梦与现实之间

这漫长的绝望在孤独中石化引发幽暗的清醒

生活生活在暗影中

在专横的渴望锁链呻吟的颈环之间

永恒的行旅不在自身以外

伴随着恒久界限的痛与衰残天使的耻

对一位夜间神灵的嘲弄

旋转旋转天线在空间中断裂

在生翼的海与僵滞的曙光之间

我站在此处在你们面前

以白痴的律法之名

自命为物种保护的

污秽律法

卑劣律法根植于天真的性器

因这最初的律法无意识的圈套

人类被撕裂

破碎为致命的号叫穿透所居之地的每个毛孔

我站在此处在你们面前

我的焦虑坠入空虚

我的呼喊坠入空无

我的亵渎坠入混沌

无限之犬奔跑在死去的星体间

舔舐星辰和星辰的回忆

舔舐一座座坟茔

我想要永恒如鸽子在我手中

一切必将离开归入死亡隐于死亡

我你他我们你们他们

昨天今天明天

我吃草如羊在不知餍足的遗忘咽门

我吃草为了永恒反刍不知疲倦的混沌

正义啊你对我比森特·维多夫罗做了什么？

掉落了我舌头的痛和凋零的翅膀

掉落了我死去的指头一根接一根

你对我的声音做了什么满载暮色飞鸟的声音

痛如鲜血的声音？

给我无限如一朵花在手中

继续

不 已足够

继续满载世界国家城市

满载人群满载号叫

被气候被半球被意图被记忆覆满

在陵墓的蛛网与自觉的行星之间

继续从顽石的痛到植物的痛

因为万物皆痛

战斗的痛和非存在的痛

痛的绳索联结大地与天空水体与土地

诸世界飞奔在痛苦的轨道

同时想着突袭

潜伏的圈套遍布空间的所有角落

我双脚疼痛如石之河流

你对我的脚做了什么？

你对这宇宙之兽

这浪游的动物做了什么？

这只谵妄的鼠类攀爬群山

在北方的颂歌或土地的哀呼之上

被土地和哀哭

　　　　土地和鲜血玷污

被荆刺和十字架上的眼睛鞭挞

良心即苦涩

智力即欺骗

唯有在生命的外围

才可能种下一粒小幻象

眼睛渴望泪水而沸腾

嘴唇渴望更大的哀叹

双手因触碰阴影而疯狂

同时寻找更多的阴影

而这苦涩在骨头间游历

而这下葬在我记忆中

这下葬在我记忆中延长

这漫长的下葬穿越我记忆的日日夜夜

继续

不

让骸骨的支架折断

让脑中的梁木崩塌

让风暴卷走断片抛入空无抛入另一边

在彼处有鞭挞上帝的风

在彼处仍回响我喉音的提琴

伴之以最后审判的亡灵钢琴

是你你这坠落的天使

永恒坠落于死亡

无尽坠落由死亡向死亡

去魅惑宇宙凭你的声音

攫紧你的声音魅惑世界之人

歌唱如盲人迷失于永恒中

在我脑中运行一种痛苦又粗暴的语法

对内在概念的持续杀戮

以及怀抱天国希望的一次最终冒险

一场冒失星辰的骚乱

从巫术中坠落无处托庇

那一切隐藏又以宿命的磁石鼓舞我们的

隐藏于不可见的冰冷地域

或我们颅内的火热风暴

永恒变回花香小径

为幽灵与难题的回归

为饥渴的幻景渴求新的假说

来打破潜在魔法之镜

解放！哦，一切的解放

脱离掌控我们自身的记忆

脱离深幽的内脏及其所知

全因这些伤口将我们缚于深处

又击碎了我们翅翼的呼喊

魔法与梦幻锯断铁条

诗歌哭泣于灵魂端点

不安萌生遥望新的墙垣

升起自神秘而神秘

周围虚哄的矿脉张开自己的伤口

于日常黎明的不竭仪式

一切徒劳

给我闭锁之梦的钥匙

给我罹难的钥匙

给我根系的确信在宁静的地平线

不会步步退缩的发现

或给我美丽的绿色罹难

一个奇迹能照彻我们内心之海的深处

如同沉没之船依旧灯火通明

于是从这悲凉的沉寂脱离

在我自己的风暴里

我挑战空虚

我迎战空无以亵渎与呼喊

直到降下一道渴望中的惩罚之光

将天堂的气氛带入我的阴影

为何我成为这悲惨追寻的囚徒？

是什么将我呼叫又隐藏

追随我又呼喊我的名字

当我转脸探出眼眸的手臂

他却回以顽固的雾气如星光绝灭的夜？

我痛苦我在烦恼中辗转

我痛苦自从成为星云

从那时开始承受细胞中这根本之痛

这双翼上的重负

这歌声上的石头

生而为岛屿的痛苦

埋藏于地的烦恼

宇宙性的烦恼

多形的烦恼在我有生之先

又影随我的生命如一场行军

仍将向更远处

直到世界边际的另一端

有意识

无意识

无形体

发声

发声如火焰

火焰燃起我内在之炭与眼中的酒精

我是一支悲剧的乐队

一个悲剧的概念

我的悲剧如扎进太阳穴的诗行无法拔出

阴恻的建筑学

宿命的数学毫无希望

神秘痛苦的叠加层

致命焦灼的叠加层

神奇直觉的地下室

世世代代在我的血管中呻吟奔涌

世代在我的歌中摇摆不定

在我的声音里濒死

因我的声音只是歌只能以歌的形式

我舌头的摇篮深埋于空虚

先于诸时代之前

将永远存留最初的韵律

令诸世界生成的韵律

我是回响于天际的人声

拒绝并诅咒

要求解释因何与为何

我是全然的人

不知因谁而受伤

伤于混沌中迷失的一支箭矢

放肆的尘间人类

是的放肆而我不惧于如此宣告

放肆因我并非布尔乔亚也不是倦怠的族类

我或许是野蛮人

放肆的病人

野蛮人不受常规俗套污染

我不接受你们舒适的安全感座椅

我是野性的天使坠落于一天清晨

在你们的戒律庄园

诗人

反诗人

开化

未开化

形而上动物承负苦闷

自发敞开的动物洋溢着难题

孤独如一个悖论

致命的悖论

矛盾之花舞动狐步

凌驾于上帝之陵寝

凌驾于善与恶

我是呼喊的胸膛和淌血的大脑

我是大地的战栗

地震学家探明我在世上的脚踪

大地之轮嘎吱作响

我骑乘自己的死亡游荡

我被黏合于我的死亡如同飞鸟于天空

如同日期在生长的树上

如同名字在我寄出的信上

我被黏合于我的死亡

我为生而来被黏于死亡

以我的骷髅为手杖支撑

日出于我右眼于我左眼日落

在我的童年有一童年燃烧如酒精

我坐在黑夜的条条道路

倾听群星的雄辩

树木的演说

如今漠然如雪落在我灵魂的傍晚

群星散落为麦穗

月亮碎成一千面镜子

树木回归他巴旦杏的巢

我只想知道为何

为何

为何

我是抗议我攫住永恒用我的利爪

我又呼喊又呻吟以汹涌的悲惨呼喊

我声音的回响令混沌雷鸣

我是放肆的宇宙

石头植物山岭

蜜蜂鼠类向我致意

狮子与鹰鹫

星体黄昏黎明

河流与林莽向我问询

您一向可好？

当星体与波浪有话要说

将通过我的口对人类言讲

让神为神

或撒旦为神

或两者皆为恐惧　夜间的无知

都是一样

成为银河

或一场追随真理的上升游行

今日对我都一样

给我一个小时的生命

给我一次从听觉被渔获的爱情

让它死在此处在我眼前

让我下坠全速穿过世界

让我跑过全星辰的宇宙

让我深陷或飞腾

被无情飞掷于行星与灾难中

上帝先生如果你存在要感谢的是我

杀死可怕的疑问

以及惊悚的清醒

夜间圆睁双眼之人

直到世代的终末

恶心的谜题源自传染性的直觉

如同激昂的钟声

陨亡之光的养鸟人行进以幽灵的脚趾

以溪流的宽厚脚趾

带走云彩又变换国度

在天空的氍毹上演我们的命运

在那时光死亡之处

击打世界的时光的沉重队列

我们的灵魂上演

飞翔在每个清晨的命运

在云彩上双眼泪水盈满

最后的信念伤口淌血

当人类避难所的忧伤步枪

摘下天空的飞鸟

你看看自己无名的动物兄弟

挨近你自身边界的饮水处

当良善的曙光

连缀潮汐的织体

你看远处人之链到来

离开同一焦虑的工厂

折磨来自同样的永恒

同样游荡之魅的龙卷

每一个都带来自己无定的词语

脚足捆缚于自己的星

机器行进在致命钻石之夜

荒漠行进以它无生命的波

群山经过驼群经过

行进

如同古代战争史

彼方人之链穿过幻象之火

朝向坟墓的眼睑

我死之后的某天

世界将于世人眼中变小

诸大陆被播撒于洋海

诸岛屿受造于天空

将有庞然金属之巨桥环绕大地

如同众环受造于土星

将有大城如国度

未来之巨城

在其中蚁民只是数目

一个数字移动挣扎起舞

（偶尔有微末的爱如竖琴令人忘却生活）

番茄与卷心菜的园圃

所有公园里遍植果树

没有肉可吃行星空间狭小

机器杀死最后的动物

果树占据所有的路径

有利用价值唯有利用价值

呵美好的生活由工厂提供

可怕的漠然来自微笑的群星

音乐躲进避难所

逃离最后的盲人之手

烦恼烦恼源于绝对与完美

绝大烦恼横穿失落的诸轨道

对抗的节奏令心灵破碎

我头上每根头发都有自己的想法

一种厌倦侵入从黎明到日落的空洞

一个哈欠呈显尘世与肉体的颜色

耻于不可实现之物的灵魂的颜色

争斗展开在皮肤与应有而未获的尊严感之间

缅怀泥与石头的存在或神灵

虚空的晕眩自阴影落向阴影

努力徒劳而梦想易碎

被常识驱逐的天使

你为何说话？谁请你发声？

引爆悲观者却要在沉默中引爆

一千年后人将如何讪笑

狗人你吠叫猖猖向你自己的夜

你灵魂的罪犯

明天的人将把你嘲笑

笑你石化的呼喊滴成钟乳石

你是谁这纤小星辰之骸的居民？

你有怎样因无限的恶心与因永恒的野心？

从自身流放的原子含有服丧的门与窗

你从何处来？向何处去？

谁看顾你的行星？

卑微的不安感

将成为他轻蔑的牺牲品

那一位参宿四居民

他的故乡两千九百万倍大过你的太阳

我说话因为我是抗议是辱骂和痛苦的鬼脸

我只相信激情的气候

只应该让那些有洞见之心者发声

高频的舌头

深潜于真理与谎言的潜水员

厌倦了将灯筒扫过虚无的迷宫

情感交错的洞穴

痛苦是唯一的永恒

无人能面对空无发笑

蚁民的嘲弄与我何干

罔论其他更庞大星球的居民？

我对他们无所知他们于我也一样

我只知道生之羞耻源自细胞中的恶心

人手所造的一切卑劣谎言

他们的律法与观念的空气底座

给我快给我沉默的哀哭

死寂的哀哭就像亡者的双眼

鲁滨孙你为何从荒岛归回？

从你的工作与私密梦想之岛

你自己的岛充斥你的劳作

没有律法没有弃黜或义务

没有入侵眼目的控制

也没有外来的手打破魔咒

鲁滨孙你怎能从自己的岛归回？

用死亡之眼观看的人有祸了

看到使一切移动者有祸了

于微笑中的大风暴

于微笑内垂危的太阳

要杀死悲观主义者及其服丧的眼球

他头脑中载着一具棺材

一切都是新的只要用新的眼观看

我听见一个愚蠢的声音在幻觉的海藻间

仍寄生于希望的一张嘴

要远离此处垂死海滩的残余

但如果你们想有所发现

诸天之外不可实现的土地

由音乐性的灰心而生的丰茂欲念

让我们回到沉默

阴惨海滩的残余

你们为何寻找西方的灯塔

他身披自己的长发

如同马戏团里的女王?

让我们回到沉默

从沉默而来的词语的沉默

先知死于其中的圣饼的沉默

他们肋旁的伤口

被某一道雷电灼烧

词语带着狂热与内在的晕眩

词语出自诗人催生天上的眩栗

催生一种云彩症

在流浪的星球间无尽传染

玫瑰的瘟疫蔓延在永恒中

张开你们的口领受负伤之词的圣饼

燃烧的苦痛圣饼在我里面不知何处生成

从比我胸膛更远处来到

黄金自由流淌的精致瀑布

无归宿的河流奔涌如随机的陨石

一根柱子兀立于声音的尖端

黑夜在柱顶端坐

我将用一千年为人类经营梦想

我将给你们一首诗充满心灵

在其中我将破裂散于四方

一滴泪将从某些眼中落下

如同发送于地上的信息

当你看见伤口如何发出预言

当你认出不幸的肉体

飞鸟因空中灾难而失明

落在我孤独而饥渴的胸口

那时我离去追随磁性的船舶

像它们一样游荡

悲伤胜过一队梦游的马群

有词语掌握树木的影子

也有词语具备星球的氛围

有言辞生烈焰如电火

落地处即燃烧

也有言辞冻结在舌端出口即碎

仿佛那些不祥的有翼水晶

有词语含磁石吸引深渊中的珍宝

也有词语仿佛火车车厢卸货在灵魂

高骞不要信任词语

不要信任堂皇的计谋

和诗歌

圈套

  光芒的圈套和豪奢的瀑布

珍珠和水中灯盏的圈套

行进如盲人用石头的眼睛

步步预感深渊

然而你不要怕我因我的语言不同

我无意让任何人幸福或不幸

也不想垂下旗帜在胸前

不想给行星增添光环

不想制作大理石卫星环绕他人的护身符

我只想给你一种灵魂的音乐

我的音乐出自深植于我肉身的九弦琴

这音乐让人想到树木的生长

迸发为梦中的彩灯

我开声以一颗无人识得的星球之名

我说话的语言在尚未诞生的洋海中浸润

用一种声音充满交食与距离

隆重如一场星辰或远方帆船的鏖战

那声音洞穿于岩石之夜

那声音令专注的盲人复明

那些盲人隐藏在屋舍的深处

仿佛就在自身的深处

帆船启程将我的灵魂在世上传播

归来时将变为飞鸟的形状

一个美好的清晨高达无数米

高如巨树结出太阳为果实

一个脆弱易碎的清晨

正当花朵的洗脸时刻

最后的梦从窗口逃逸

如此兴奋将众多天空向舌头牵引

无限安身于胸中的巢窠

一切归于预兆

     于是有天使

大脑变为启示的串铃

时辰因眼眸而惊恐逃走

镌刻于天顶的飞鸟不再歌唱

轻生的日子纵身投海

一艘披着光芒的船在悲伤中远航

波浪深处一条鱼倾听人间的脚步

安静　大地上将有一棵树诞生

死亡已沉睡在一只天鹅的颈际

每片羽毛都有不同的颤荡

此刻上帝安坐于风暴

天空的碎片飘摇并纠缠在雨林中

台风吹乱海盗的须髯

此刻你们要把死者付于风中

让风张开她的眼睛

安静　大地上将有一棵树诞生

我有秘密的书信在头颅的匣中

我有疼痛的炭在胸腔深处

我引导胸腔到嘴唇

从嘴唇到梦之门

世界从我眼中进入

从我手中从我脚上进入

从我口中进入又从毛孔离开

变成天际的昆虫或词语的云彩

安静　大地上将有一棵树诞生

我的眼睛在催眠的岩洞

咀嚼那横穿我如隧道的宇宙

一阵飞鸟的战栗摇撼我的双肩

翅膀与内在波浪的战栗

波浪的阶梯与翅膀在血中

迸碎了血管的锚链

从肉体飞跃而出

离开大地的门扉

在惊恐的鸽群之间

你这宿命的居民

为何要离开自己的宿命？

为何要打破你星辰的纽带

孤身行旅于空间

经你的身体从你的天顶到天底?

我不想要星球或风的联结

月亮的美好联结只属于洋海和女人

给我不驯服的眩晕的小提琴

我的逃逸音乐的自由

黑夜里的小交叉路口没有危险

也没有关于灵魂的谜语

语言被鲜血与心灵充电

这是巨大的降落伞与上帝的避雷针

你这宿命的居民

紧贴你的道路如石头

隐忍的魔法时刻来临

张开你灵魂的手

磁性的指头

在那里少年沉静之指环

将栖落并歌唱如浪荡的金丝雀

多年不见影踪

安静

    听见世界的脉搏从未如此微弱

刚刚有一棵树为大地所生

第二歌

女人,世界由你的眼睛安顿

天空升高因你的在场

大地伸延从玫瑰到玫瑰

空气扩张从鸽子到鸽子

离开时你留下一颗星在位子上

任凭你的光下降像路过的船

我着魔的歌正追随你

好像一条忠实忧伤的蛇

你就在某个星球后面回过头来

怎样的战斗在空间展开?

光芒的矛穿梭于行星

冷酷的甲胄反射

哪颗嗜血的星不肯让路?

在哪里你忧伤的夜行人

无穷的馈赠者

徜徉在群梦的林莽

这样我迷失于荒芜的海

孤零零一只鸟夜间落下的羽毛

我在一座冰冷的塔

栖身于对你洋海双唇的记忆

你的欢喜你的头发

明亮铺张好像山上的群溪

神给了你双手你可会失明

我再一次问你

你眉宇的拱设下眼眸的刀兵

敌意的有翅的胜者因花朵的骄傲而坚定

无耻的石头为我向你开声

失去天空的飞鸟为我向你开声

失去风的风景为我向你开声

口吃的绵羊群为我向你开声

睡在你的记忆里

被发现的溪为我向你开声

幸存的草维系于冒险

光的冒险和血的地平线

除了一朵花没有别的托庇

来一丝风就熄灭

平地在你脆弱的美色下迷失

世界迷失在你可见的行进

一切都虚假当你出现

带着你危险的光

无辜的和谐无疲乏无遗忘

泪水的元素向内滚动

由高傲的胆怯和沉默构成

你让时间踌躇不定

让天空产生无限的直觉

远离你无物永恒

你扬撒末日在被黑夜辱没的大地

只在想你的时候才有不朽的味道

你的星这样经过

以你的呼吸自远方的疲惫

以你的表情你走路的方式

以向你致意的磁化的空间

它以夜的里程将我们分隔

但我要提醒你我们被缝

在同一颗星

我们缝在一起被同样的音乐弥漫

从你到我

被同样的巨大的树一样颤动的影

我们将成为那片天空

神秘冒险经过的那一段

行星的冒险爆发在梦的花瓣

你怎样逃避我的声音终归徒劳

无望逾越我赞颂的墙垣

我们被同一颗星缝合

你被紧缚于群月之夜莺

它在咽喉履行神圣的秘仪

与我何干夜间的符号

我胸中的根脉和墓地的回声

与我何干发光的谜语

将偶然照亮的纹章

那些无端畅游于混沌又驶向我双眼的岛屿

与我何干空洞里花朵的恐惧

与我何干虚无的名字

无尽荒漠的名字

或意志或偶然为化身

在那荒漠每颗星都是对绿洲的一种渴望

或预兆与死亡的旗

我在你的气息里有独占的氤氲

对你的目光有神奇的把握连同其中内在的星群

特有的种子语言

你发光的前额像神的一枚指环

稳固胜过天宇一切植物

不激起宇宙旋流而扬身上腾
在空气里的影子宛如马驹

我再一次问你
神给了你这双眼你可会喑哑

我用你的声音抵御一切
这声音在心跳搏动中离开你
永恒在这声音里跌落
摔成许多天球断片磷光闪闪

生命会如何若你不曾诞生
一颗没有披风被冻死的彗星

我发现你如发现一滴泪在一本被忘记的书里
我的胸口早就认识你的名字
你的名字用鸽子飞行的声响拼写
你带来回忆有关更高的生命
属于在某处寻到的一位神祇

在自己的深处你想起

诗人的密码里去年的鸟儿正是你

我在一个沉没的梦里梦见

束起头发就创造白天

散开头发就生成夜晚

生命在遗忘里自我观照

只有你的双眼活在世上

唯一的行星体系永不疲倦

沉着的皮肤停泊在高处

远离所有网罗和计谋

凭它冥思之光的力量

生命在你身后感到恐惧

因为你是一切事物的深度

你经过之时世界便庄严创生

天空的眼泪轰然下降

你在昏睡的灵魂上抹去

活着的苦味

星球在背后变得轻巧

我的喜乐是在你发间听风的声音

（那声响我从远处就能分辨）

当船只遇险河流拖走树干

你是风暴里一盏肉体的灯

长发全速迎风

太阳在你发间寻找他最好的梦

我的喜乐是看着你在世界的长榻上孤独

好像慵懒的公主的纤手

你的眼睛召唤一架气味的钢琴

一杯阵发症饮品

渐渐停歇芬芳的一朵花

你的眼睛为孤独催眠

好像车祸以后继续转动的轮子

我的喜乐是看着你倾听

那一束光线走向水的深处

你怔住长久

那么多星从海的筛子经过

什么也比不上这样的感动

即使是桅杆祈求风起

即使是失明的机场摸索永恒

即使是被定位的鸽子睡在哀哭上面

即使是彩虹双翼缄封

比一行诗里的寓言更美

寓言铺陈夜的桥梁在灵魂与灵魂间

你诞生在我目光所及的一切领域

高扬起头

全部发丝在风中

你比小马在山间的嘶叫更美

比放过船只灵魂的塞壬更美

比薄雾里寻人拯救的灯塔更美

你比穿透风的燕子更美

你是夏天的海的呼啸

你是充满惊奇的繁华街道的喧嚣

我的荣光在你的双眼

身着你明眸的奢华内蕴的光耀

我坐在你目光里最敏感的角落

守着岿然的睫的静止的沉默

从你眼睛深处传来一样征兆

一阵洋海的风荡漾你的眼波

无可比拟那因你存在而留传的种子传奇

那寻找一颗死而复活的星的声音

你的声音在空间里生成帝国

那手在你里面举起

那目光在无限中书写世界

那头低下倾听永恒里的耳语

那足是连绵道路的节日

那眼睑能搁浅以太的火星

那吻使你双唇的船首膨胀

那微笑像迎向你生命的旌旗

那秘密引导你胸膛的潮汐

睡在你乳房的阴影里

如果你死去

群星纵然有点燃的灯火

也要迷失道路

宇宙该怎样延续?

第三歌

打破血脉的联结
呼吸的纽带与锁链
眼中道路的视野
花朵被投射在一统的天空

灵魂被回忆平铺
如同被风雕刻的星辰

洋海是瓶子砌成的屋顶
在海员的记忆中做梦

天空是那未经触碰的长发
在宇航员手中编织

而飞机带来不一样的语言
交予历久不变的诸天的嘴唇

眼神的锁链将我们缚于大地
你们去打碎打碎这许多的锁链

最初之人飞来照亮白昼
空间破裂于一处伤口

将子弹还给凶手
他被恒久缚于无限

你们去斩断一切捆绑
无论河流洋海或山脉

无论灵魂与记忆
垂死的律法与病态的梦魇

是世界在回转并继续并旋转
是最后的眼瞳

明天在田野

将继续响起奔马的蹄音

花朵将吞噬蜜蜂

因为机库将变为蜂巢

彩虹将化作飞鸟

歌唱着飞回她的巢

乌鸦将变成行星

拥有草叶的翅膀

树叶将成为温和的翎毛

从他们的咽喉落下

眼神将成为河流

河流成为空虚腿上的伤口

羊群将引领自己的牧人

让白昼入睡昏沉如飞机

树木将安歇在斑鸠之上
同时云朵都变为石头

因为一切都如每只眼中所见
转瞬即逝的星象朝代
从宇宙坠向宇宙

诗人是语言的美甲师
但不是魔法师能熄灭又点燃
星辰的词语与流浪中告别的樱桃
远离大地的双手
所说的一切都是他编造
脱离日常世界的东西
让我们杀死诗人他把我们塞满了

诗歌还是诗歌诗歌
诗意的诗歌诗歌

诗意的诗人的诗意的诗歌

诗歌

太多诗歌

从彩虹到女邻居的钢琴屁股

够了女士诗歌小孩

在眼中还有木棒

游戏就是游戏不是无倦的祷文

是微笑或笑容不是眼睛的小灯

在苦痛中滚走直到洋海

微笑和纺织星的废话

微笑来自召唤死去星辰的大脑

在它放射的通灵桌上

够了女士美丽形象的竖琴

形象来自潜逃者如光启者

别的东西我们寻找别的东西

我们懂得安置一个吻如一个眼神

栽种眼神如树木

囚禁树木如飞鸟

浇灌飞鸟如日光菊

触碰日光菊如触碰音乐

倾空音乐如口袋

斩首口袋如企鹅

种植企鹅如葡萄园

挤乳葡萄园如奶牛

拆桅奶牛如帆船

梳理帆船如彗尾

卸客彗星如游人

魅惑游人如蛇虺

收获蛇虺如杏仁

赤裸杏仁如竞技者

砍伐竞技者如柏树

点亮柏树如灯塔

归巢灯塔如云雀

呼出云雀如叹息

刺绣叹息如丝绸

漫溢丝绸如河流

挥舞河流如旗帜

拔秃旗帜如公鸡

熄灭公鸡如火灾

运桨火灾如行洋海

割刈洋海如麦田

敲响麦田如警钟

放血警钟如羔羊

描画羔羊如微笑

瓶装微笑如酒浆

镶嵌酒浆如珍宝

充电珍宝如黄昏

驾驶黄昏如船队

脱靴船只如国王

高悬国王如曙光

钉曙光于十架如先知

等等，等等，等等

够了先生小提琴沉没于波浪波浪

日常的波浪属于可悲宗教

由梦而梦掌管珠宝

在吞吃玫瑰的心灵
和完美的红宝石夜晚之后
新的竞技者自魔法跑道跃起
嬉弄磁力的语词
红热如同即将爆发火山的大地
喷射他的魔术词句之鸟

最后一位诗人在弥留之际
钟声响彻一座座大陆
月亮背负她的黑夜而死
太阳从口袋掏出白昼
盛大的新风景张开双眼
从大地到星系走过
诗歌的灵车

一切语言死亡
死在悲伤邻居的双手

应当复活语言

用响亮的笑声

用车厢满载的大笑

用词句的短路

和语法的天灾

你起来,行走[1]

伸展强直的双腿发出

笑的火焰给瑟瑟发抖的语言

星球的体操给麻木的舌头

你起来,行走

活着活着如同一个足球

在钻石的口中爆发摩托车

在流萤的迷醉中

眩晕因她的解放

---

[1] 《新约·马太福音》9:5:"或说'你的罪赦了',或说'你起来行走',哪一样容易呢?";《新约·使徒行传》3:6:"彼得说:金银我都没有,只把我所有的给你。我奉拿撒勒人耶稣基督的名,叫你起来行走!"

一种美丽的疯狂在词语的生命中

一种美好的疯狂在语言的区域里

冒险被可感的轻蔑包衬

语言的冒险在两次海难之间

精致的灾难横陈于诗句的枕木

既然我们要活着不去自杀

只要活着就要进行

简易的语词运动

纯粹的词语再无其他

没有珠宝的干净形象

（词语承载了太多东西）

一场无阴影的语词仪式

天使的游戏在无限中

一词一语

因碰撞而生的星球从自身的光

迸射火花撞击越是猛烈

爆发越是巨大

游戏的激情在空间里

没有月亮的翅膀和意图

胸膛与天空一对一决斗

最终肉体与声音彻底分离

光芒的回声滴下空气在空中

此后空无空无

呢喃叹息有句无词

第四歌

没有时间可浪费
阴影与距离的护士
我转回向你逃离不可计数的王国
逃离被黎明禁止的天使

在你的秘密之后你藏身
于眼睑与空气的微笑里
我揭开你笑容的壳层
我切断阴影
它们有你距离的标记

你的梦将安睡在我的手中
被标上我不可分割的命运线
在同一只鸟儿胸前
它被焚没于它歌声的火
歌声里为时间哀哭

因时间从指间溜走

你知道你的眼神装点帆船
在捕鱼的摇曳之夜
你知道自己的眼神打成群星之结
歌声之结将从胸膛出来
你的眼神把词语带给心灵
带给夜莺着魔的口

没有时间可浪费
在肉体暧昧淹溺的时刻
我一步步测度永恒

大海想要征服
因而没有时间可浪费
于是
　　噢于是
最后的地平线之彼方
将看见应看见之事

因此应当关心珍贵的眼睛大脑的馈赠

这独眼锚泊在诸世界中间

在那里舰船纷纷搁浅

然而如果这只眼生病我要怎么办?

我们要怎样做如果独眼被变成邪眼?

热切巡视的眼如山猫般犀利的灯塔

眼睛的地理学我看最为复杂

勘探是困难的因为波浪

过路的混乱

持续的开放

熙攘的广场和街道

旗帜飘展的游行

从彩虹降下直到迷失

印度王公骑乘壁毯上的白象

在俗世睫毛的密林中猎狮

畏寒的飞鸟迁徙奔向其他的视网膜

我爱我的眼睛你的眼睛及一切眼睛

眼睛及其自我燃烧

眼睛随内在音乐起舞

睁开好像罪行之上的门

离开自己的轨道如血腥的流星随意游荡

眼睛钉入让伤口缓缓结痂

所以不要合上眼睛如书信

它们是无穷尽之爱的瀑布

日夜变化

以眼还眼

以眼还眼如以圣饼还圣饼

以眼还树

以眼还鸟

以眼还河

以眼还山

以眼还海

以眼还土

以眼还月

以眼还天

以眼还沉默

孤独眼还空缺眼

痛眼还笑眼

没有时间可浪费

如果庸常的瞬间来到

让船继续航行或许最好

现在我坐下来开始书写

而我清晨所见的燕子在做什么

一直在虚空中签名？

当我移动左脚

中国的大官用他的脚在做什么？

当我点燃香烟

船上运来的其他香烟在做什么？

未来之火的脚掌在哪里？

如果我抬起双眼此时此刻

站在北极的探险者用他的眼睛在做什么？

我在这里

其他人在哪里？

回声从表情到表情

带电的锁链或无响应

中断孤独的节奏

谁在死去又是谁出生

当我的笔画过纸上？

没有时间可浪费

欢乐你起来

从孔隙到孔隙经由你丝绸的针

抓紧抓紧

走向天球和湿润的鳄鱼

女人请借我你夏日的眼睛

我轻舔飞溅的云朵正当秋天追随驴子的路径

上升中的潜望镜为冬天的羞怯争辩

从被无限染蓝的风筝的视角

百分百飞鸟的年轻颜色

也许是一种爱经不幸的鸽群审视

或者悖时的罪行手套将从女人或虞美人诞生

花瓶上的乌鸫在飞行中接吻

有着勇猛足胫的黑夜属于最甜美的女友

她于花的肌肤里藏身

玫瑰反转玫瑰重来玫瑰与玫瑰
尽管狱卒并不情愿
河流翻转只为神奇的渔获

黑夜请借我你的女人足胫如年轻虞美人花瓶
因颜色而湿润如不幸的驴驹
女友没有花朵或飞鸟的天球
冬天为鸽群带去煎熬
你看那路径和染蓝鳄鱼的罪行
它们是羞怯云朵中的潜望镜
女友上升到百分百的天蓝
轻舔那注定从风筝飞溅中诞生的视角
以及秋天的可爱手套于爱的肌肤上争辩

没有时间可浪费
犹疑在艇上即将出行
这是黑夜诸般残忍之礼物

因邪恶的男人或严肃的女人

都无能为力面对家中的死亡率

及秩序的缺乏

无论黄金或疾病

高贵的惊诧或国中的间谍为他人谋胜

内部的争论产生合理的质疑

质疑牢狱中被清洗的眼睑

为此而生的折磨是婚姻前的横梁

瀑布无遮蔽的呢喃

军事的维度和所有障碍

源自那位金发女人的供词

她抨击远征的失利

或公义的终极用处

仿佛与无前途的爱分居

谨慎为初生的疯狂的虚妄愚行而哭泣

这疯狂完全无视于节制的满足

没有时间可浪费

要谈论大地的幽闭与深耕空无之日的降临彩票爱好者

并无进步或孩童可患病因未可预期的痛苦出自期望的交叉在这新诚意的原野有一点点黝黑如悲惨事业的教士或耽延的叛徒在水上寻找支持于联合或分歧缺少无知中的休憩但信函由大路而来被置于悲伤事件的女人懂得孕育的美好成就而昔日欲望的静止予人民以优势他们喜爱那祭司因他从下落中高升变得更亲密胜过金发少女的荒唐或友情的疯狂

没有时间可浪费

这一切如此悲伤如同正变为孤儿的男孩

或如落在眼中的字母

或如盲人的狗的死亡

或如蜿蜒于临终床上的河流

这一切如同观看麻雀之爱一般美好

发生在天上罪行发生三小时后

或如倾听两只无名鸟儿歌唱同一朵百合

或如毒蛇的头在鸦片之梦中

或如红宝石诞生于一个女人的欲望

又如洋海不知是哭是笑

又如颜色从蝴蝶的大脑洒落

又如蜂群的黄金矿脉

蜂群这晚香玉的卫星如同海鸥之于海船

蜂群携带种子在自身之中

比手帕散发更多芬芳

尽管不是飞鸟

不曾在天空留下花押

在被眼神亲吻的天际

在旅行结束时呕出花瓣的灵魂

如同海鸥吐出地平线

燕子呕出夏天

没有时间可浪费

单一季的燕子已到来

带来远方迫近的对跖音调

燕子滟滟而来

向着山平线的地峰

大提燕和燕提琴

这清晨从月球之岳滑落

全速临近

燕子已到来到来

纤之燕已到来到来

叁之燕已到来

巅之燕已到来

瓷之燕到来

时之燕到来

韵之燕已到来

嫣之燕已到来

囡之燕

旋之燕

弦之燕

岚之燕

啭之燕

昼之燕已到来

黑夜蜷起她的爪子如豹

叁之燕已到来

她安巢于两种热量之一

如同我的巢在四方地平线

嫣之燕到来

潮水涌起在脚尖

囡之燕到来

山岭头内感到一阵晕眩

旋之燕到来

风变成空气女仙纵情的抛物线

音符充满了电话线

黄昏入睡时藏起自己的头

树木入睡时脉搏高热

但天空更爱多方夜莺

她心爱的孩子来方夜莺

她欢乐的花朵迷方夜莺

她泪水的肌肤法方夜莺

她夜间的喉咙索方夜莺

    拉方夜莺

    西方夜莺

没有时间可浪费

船舶去日无多

从群星在海中张开的危险孔洞

可能落入中央之火

中央之火及其时时爆发的旗帜

被激怒的精灵呼出种子并向我质问

但我只听到桂竹香的音符

当有人紧压风的踏板

让龙卷呈现

河流奔走如同被鞭笞的狗

奔跑又奔跑躲进大海藏身

羊群经过将我的神经殄灭

这时候我只是说

我不在夜铺里消费星辰

也不在海铺里购买最新的潮水

我只愿倾听桂竹香的音符

紧挨着数点自家钱币的瀑布

或航空器的轰隆在天空顶点

或看着老虎的眼睛在那里有一位做梦的裸女

因为若不然远处而来的词语

会在唇间破碎

我没有卑小的骄傲

也没有任何石化的仇恨

也不呼叫如亲切的礼帽正从荒漠而出

我只说

没有时间可浪费

苏丹的维齐尔以飞鸟的语言

向我们长篇大论比路还长

车队在他的声音上远去

船舶驶向模糊的地平线

他把光泽还给灵魂

灵魂吃掉珍珠的光泽

每一步都把自己充满磷火

从他口中萌生一座雨林

从他林中萌生一颗星球

从星球落下一座山在黑夜

从黑夜落下另一黑夜

在空无的黑夜之上

黑夜遥远太遥远仿佛一个死去的女人被拖走

后会有期该说后会有期

后会有期该说后会有上帝

于是龙卷风被语言之光摧毁

散落成环转的琶音

月亮在几只海鸥后出现

而路上

一匹马渐行渐远渐大

抓紧抓紧

种子已准备完毕

等待着萌发的命令

要耐心它们即将成长

将要飞奔沿汁液的路径

沿独属的阶梯

片刻休息

随后上路向着树的天空

那树害怕太过远离

它害怕就转过忧愁的眼睛

黑夜令它颤抖

黑夜及其变狼狂

黑夜在风中磨快爪子

削尖丛林的听觉

害怕我是说那树害怕

与大地远离

没有时间可浪费

冰山成群漂浮在死者的眼中

认得他们的路径

失明的将是哭泣之人

灵柩的无边阴影

被泯除的希望

风暴变为墓地中的铭文

此处安息着卡洛塔洋海之眼

被一颗卫星击碎

此处安息着莎蒂斯两条角鲨交敌在她心思里

此处安息着毕肖普碧海与云霄在同一乐谱

此处安息着苏珊娜厌倦了与速朽搏杀

此处安息着缇丽莎这就是被她双眼深犁而今被她身体

  占据的沙堤

此处安息着萨朗波停泊在她臂弯的港口

此处安息着美狄亚玫瑰的河流一去无涯

此处安息着雷蒙根世界的根须是他的雷电

此处安息着克拉丽叶一克拉的笑靥离合于光中

此处安息着亚历山大大山内藏利牙

此处安息着加夫列拉堤坝崩裂她在浆液中上升直至梦

  境期待复生

此处安息着高鹫因高度而爆裂之鹫

此处安息着比森特反诗人与魔法师

失明的将是哭泣之人

失明如彗尾与手杖同去

魂灵的薄雾追随其后

遵从自身感官的本能

无视从远方飞掷的流星群

它们生活在殖民地视季节而定

流星骄横地穿过天际

流日流月

流石在无限中

流光在眼神中

飞行者小心群星

小心曙光

飞空巡航不要变成飞空自戕

天空从未像这样充满路径

从未如此危险

流荡的星给我带来十年前去世的亡友的问候

抓紧抓紧

行星在行星圃中成熟

我的双眼已看见飞鸟的根

睡莲的彼方彼岸

蝴蝶的此身此翼

你可听见曼陀林死亡时的哀鸣？

我已迷失

只剩下投降一途

面对殊死战斗

与这些星球的夜间埋伏

永恒想要征服
因而没有时间可浪费
于是
　　噢于是
最后的地平线之彼方
将看见应看见之事
城市
在光线与悬挂衣物之下
空中的游戏者
赤裸
脆弱
黑夜在大洋深处
温柔的溺水者
失明的死亡
　　　　和她的光芒
和声音和声音

空间发光体

   于右舷

   昏昏欲睡

在十字架

   在光下

大地有其天空

天空有其大地

丛林黑夜

与河流白昼经由宇宙

飞鸟忒腊啦呖歌唱在我大脑的枝头

因为它找到了以太归太一的钥匙

圆满如宇界与诗宙

呜游 呜侬呜翼

忒腊啦呖 忒腊啦喇

阿噫阿 阿噫 阿噫 阿阿噫阿 噫 噫

第五歌

由此起始未开发的原野

浑圆因他人观看的眼睛

深沉因我自己的心脏

充满或然的蓝宝石

充满梦游者的手

充满空中的下葬

令人感动如同侏儒之梦

或从无限中剪下的花束

被海鸥衔来给自己的儿女

有一片荒凉的空间

必须为之布满

种子绽开的眼神

永恒压低的声音

夜间的游戏和小提琴的陨石

未许可的畜群的喧闹

逃离即将飞撞的彗星

你可认得那奇迹之泉

令往昔的溺亡者复归生命?

你可认得名为修女之声的花朵

向下生长在大地深处开放?

你可见过那歌唱的孩子

坐在一滴泪珠上

那孩子歌唱紧挨着一声叹息

或无可安慰的一声狗吠?

你可见过无色的彩虹

可怕地衰残

从法老时代归来?

恐惧改变繁花的形状

他们颤抖中期待最后的审判

一颗接一颗星从阳台飞掷

大海沉睡在一棵树后面

沉静仿如平日

因为知晓从《圣经》世代到如今

在北极星上无路可回

从未有远航者寻得众海之玫瑰

那玫瑰携来先祖的回忆

从自身的深处

厌倦了做梦

厌倦了活在每片花瓣

你这沉吟于海玫瑰的风

我伫立等待你在这一行的终点

我知道何处隐藏那诞生于塞壬之牝的花朵

在欢愉的时刻

当海下暮色漫展

并传来浪涛的切齿

在地平线的脚下

我知道我知道它在何处隐藏

风有着苍白女子的蜂之声

苍白女子仿佛自己的雕像

曾被我在一生的某个角落爱过

当我想从一个希望跃向天空

却跌落自海难至海难自地平线至地平线

在那时我看见隐藏的玫瑰

没有人曾这样与她面对面

你可见过这旷远岛群的飞鸟

被海潮抛掷在我床脚？

你可见过催眠之指环从眼到眼

从爱到爱从恨到恨

从男人到女人从行星到行星？

你可见过在荒凉的天空

鸽子被年月威吓

双眼充满回忆

胸中充满沉默

比海难后的大海更悲哀？

在最后的鹰之后歌者在歌唱

他有一枚指环在心脏

坐在他活力的大地

面对被一朵花挑战的火山

运动员想成为灯塔

好让船只环视

好让船只安睡让自己入睡

哄天空入睡如一棵树

竞技者

他有一枚指环在咽喉

时间就这样过去

安静安静

因为银莲花正在他颅中生长

看看停留在年岁里的孤儿

都要怪带走少许水量的河流

都要怪不肯降下的山岭

生长生长大提琴说道

如同我在生长

如同自杀的念头在美丽的女园丁心中生长

生长的小蓝宝石比烦恼更柔软

在烧着的飞鸟眼中

我将生长生长每当城市生长

当群鱼饮下整个洋海

过去的日子是龟壳

如今我有船只在记忆中

船只日日临近

我听见一声犬吠让世界掉转

三星期后

死于抵达时

心脏折断锚链

凭借风的力量

而孩子正在成为孤儿

假若风景变为白鸽

在入夜前洋海会将它吞食

但洋海正酝酿一次海难

全副心思在其他方面

舰艇舰艇

你生命短暂如扇子

此处我们嘲笑那一切

此处在远方远方

因一只夜莺而着魔的山峰

追随中毒之熊的蜂蜜

可怜的熊被北方之夜毒害的熊皮

逃啊逃远离死亡

远离坐在大海边缘的死亡

山岳和山妖

带着他的月亮和她的月暗

花样的花朵和正开花的花朵

一种花名叫向日花

一轮旭日名叫向花日

飞鸟会忘记自己是飞鸟

只缘彗星未曾到来

因害怕冬天或一桩罪行

彗星应当诞生于望远镜和绣球花

曾以为是自己观看其实被观看

飞行者自戕于唯一的音乐会

天使沐浴于某架钢琴

转眼又被乐声笼罩

寻找接收者在各峰巅

在那里涌流词语与河流

群狼制造奇迹

在黑夜的足印中

当未知的飞鸟云隐

绵羊食草在月亮的另一面

如果这是音乐的回忆

无人能阻止马戏团在沉默中壮大

或死亡星球的钟鸣

或以颜色为食的蛇类

或离开大地的钢琴家

或遗忘自己姓名的传教士

如果道路坐下来休息

或浸润在星系的秋天

无人能阻止一根大头针钉在永恒

或用蝴蝶敷粉的女人

或经小郁金香训练的孤儿

或随华尔兹小跑的斑马

或命运的守护者

天空害怕黑夜

当大海令船只沉睡

当死亡滋长于角落

沉默之声充满吸血鬼

于是我们点亮火种在神谕之下

以此抚慰命运

并哺育孤独的众奇迹

用我们自身的肉体

于是在被封印

美如日食的墓地

玫瑰打破牵绊绽放在死亡的背面

黑夜的古老恐惧的黑夜

何处是以奇迹为滋养的极地岩洞？

何处是谵妄的蜃景

出自彩虹与星云的眼中？

打开坟茔尽头见海[1]

气息截断而悬停的眩晕

鼓胀起太阳穴又倾塌于血脉中

眼睛大开比眼中能容的空间更阔大

一声呼叫在病态的虚空里结痂

打开坟茔尽头可见羊群迷失于山岭

牧羊女披着风的斗篷在黑夜旁边

数算神在空间中的脚踪

又对自己歌唱

打开坟茔尽头可见一排冰块

闪耀于风暴的探照灯下

又在沉默中漂航而过

冰块的盛大游行

烧起体内光芒的高烛

---

[1] "打开坟茔尽头见海"这一句后成为维多夫罗的墓志铭——诗人就葬在故乡卡塔赫纳的海边。

打开坟茔尽头可见秋天和冬天

下降缓缓下降一方紫晶的天空

打开坟茔尽头可见一处巨大的伤口

于大地深处裂展

伴随一阵喧声来自夏天和春天

打开坟茔尽头可见一座仙女繁息的丛林

每棵树最终化作迷醉的飞鸟

一切停留在鸟鸣中封闭的日食里

从这一侧应能发现泪水的巢穴

泪水飘摇在天空穿越黄道带

从星宫到星宫

打开坟茔尽头可见沸腾的星云熄灭又明燃

一颗陨石划过不为回应任何人

彩灯起舞于无边界的断头台

星球沥血的头颅在上面

留下永恒生长的光晕

打开坟茔涌出一道波浪

宇宙的阴影溅射

并生活在阴影中或岸边的一切

打开坟茔传出一声行星的抽泣

有折断的桅杆与海难的旋涡

鸣响一切星辰的丧钟

被追逐的暴风呼啸中经过无限

在漫溢的河流之上

打开坟茔跃出一束苦行带之花

不可探知的篝火壮大而受难的气息入侵天球

太阳探索最后的角落那里隐藏

并诞生魔幻的丛林

打开坟茔尽头见海

升起一首千帆远去的歌

在此时一群游鱼

缓缓石化

多少时间那沉默的手指

主宰无尽的失眠

而诸天由失眠统治

是时候入睡于各方

梦幻将人类从大地救拔

让我们欢庆黎明以窗棂

让我们欢庆黎明以礼帽

天空的恐惧飞翔

丘陵将鸟儿掷在我们脸上

黎明怀有飞机的希望

在筛漏无数世代之光的穹顶下

中央之柱的爱与耐心

我们搓手而笑

我们洗亮双眼我们游戏

  地平线是一头独角仙

  大海是一种意外

  天空是一块丝绒

  溃伤是一桩灾殃

一道地平线戏耍大海与天空共鸣在埃及的七伤[1]之后

独角仙航行在意外之上好像彗星在它满盈灾殃的丝

---

1 戏仿耶稣受难时的"七伤"（Las siete llagas）与《旧约·出埃及记》中记载的埃及"十灾"（Las diez plagas de Egipto）。

绒中

白昼的理性不是黑夜的理性
每一时代有不同的影射
植物出来在边缘处进食
波浪伸出手去
要抓住一只鸟
一切都可变在简单的一瞥
而在生命的所有地下室
或许都是一样

可怜的疯女人的月亮之伤
受伤月亮的可怜的疯女人
天蓝的口中有光
光中有蓝天的口
花的大海为盲目的希望
希望的盲目为大海的花
歌唱为了紧贴天空的夜莺
天空紧贴夜莺为了歌唱

我们游戏在时间之外

与我们游戏的是风车

磨坊之风车

呼吸之风车

传奇之风车

动机之风车

蓄息之风车

膏体之风车

根基之风车

痛击之风车

救急之风车

降临性之风车

纺织性之风车

咆哮性之风车

触碰性之风车

呃逆性之风车

聚拢性之风车

延长性之风车

远离性之风车

糅合性之风车

衍生性之风车

幻想性之风车

颂扬性之风车

埋葬性之风车

成熟性之风车

夭折性之风车

诅咒性之风车

抖动性之风车

揭示性之风车

隐蔽性之风车

疏远性之风车

爱恋性之风车

领头性之风车

固守性之风车

鉴察性之风车

劫掠性之风车

蕴藏性之风车

疯狂性之风车

卷曲性之风车

中毒性之风车

发生性之风车

解体性之风车

奇迹的风车

哀叹的风车

时刻的风车

天穹的风车

感觉的风车

誓言的风车

燃烧的风车

成长的风车

滋养的风车

知识的风车

下降的风车

剥皮的风车

上升的风车

成神的风车

启明的风车

谵语的风车

无聊的风车

自负的风车

攀登的风车

发现的风车

沥流的风车

歉疚的风车

倍增的风车

雷鸣的风车

恍惚的风车

坠落的风车

破碎的风车

衰老的风车

加速的风车

残忍的风车

挫败的风车

悔恨的风车

老去的风车

破碎的风车

心碎的风车

碎片状风车

伤损状风车

旋转状风车

吱嘎状风车

神圣状风车

沉思状风车

搏动状风车

腐烂状风车

诞生状风车

聚集状风车

熄灭状风车

消沉状风车

融化状风车

无依状风车

凋谢状风车

愤怒状风车

着迷状风车

转化状风车

孤立状风车

孕育状风车

毁灭状风车

想象状风车

遗弃状风车

有才华的风车

有腔调的风车

有痛苦的风车

有温度的风车

有魅力的风车

有蚁力的风车

有缠绕的风车

有悔恨的风车

有擦蹭的风车

有专注的风车

有理性的风车

有破碎的风车

有延长的风车

有预感的风车

有苦难的风车

有噪声的风车

有嘶哑的风车

有幻觉的风车

有茫然的风车

有昏迷的风车

用于住宿的风车

用于修院的风车

用于膏抹的风车

用于过夜的风车

用于装载的风车

用于上升的风车

用于漂浮的风车

用于冷却的风车

用于着魔的风车

用于接待的风车

用于入迷的风车

用于逃避的风车

用于隐蔽的风车

用于星辰的风车

用于颂扬的风车

用于藏身的风车

用于升起的风车

用于揉压的风车

用于更新的风车

用于迁移的风车

用于提前的风车

用于铸币的风车

用于先知的风车

用于错位的风车

形同装饰的风车

形同元素的风车

形同武具的风车

形同工具的风车

形同遗迹的风车

形同触感的风车

形同发现的风车

形同宣告的风车

形同医药的风车

形同揭幕的风车

背风侧风车

逆风向风车

可联结风车

可投掷风车

可咬噬风车

可运动风车

我发明的风车

我逃离的风车

我引导的风车

我焚毁的风车

我预订的风车

我命名的风车

我透明的风车

迟缓风车

残酷风车

专注风车

饥饿风车

干渴风车

血腥风车

驴风车

暴烈风车

欢乐风车

丰茂风车

畏寒风车

贪婪风车

肥壮风车

多病风车

多粒风车

多灰风车

多尘风车

多泥风车

多痰风车

多汗风车

憔悴风车

困倦风车

骚动风车

恐怖风车

所以你是风磨之风车
就座之风车
风磨就座之风车
编起一个个黑夜与黎明
把彼世的薄雾纺就成纱
风靡与风与蜜之风车
风景中充满你的疯狂

小麦到来又离开
从大地到天空
从天空到洋海
黄色浪涛的麦子
风在其中打滚
寻找麦穗的痒处

你听
脉冲在电流中经过

北风吹乱了你的头发

乌拉　善研磨的风车

善飞翔的风车

善交谈的风车

善歌唱的风车

当天空手携风暴到来

乌拉　风车在记忆中旋转

风车催眠旅行的飞鸟

说吧说吧传奇之风车

当风传说你的空中奇遇

淌血淌血下降的风车

你的大回忆紧贴于世界的黄昏

你十字架的双臂因风暴而疲倦

所以我们笑我们歌唱在此刻此时

因为风车已从它的拣选之光中创造帝国

有必要让人知道

有必要让某人说出

太阳你诞生于我的右眼

你死于我的左眼

你不可相信黄道带的预言

也不可信坟墓的吠叫

坟墓中了月亮的妖术

不知道自己说了什么

我告诉你因为我的帽子已疲倦于周游世界

我拥有千年蝴蝶的历练

发预言发出预言

星系之风车

正当我们在笑声的偶然之上起舞

如今为我们带来白昼的吊车

已将黑夜抛离地面

速速启动

法兰朵拉舞者在山方的远岭

地穹在天平线下

登船上月亮

让世界掉转

速速启动

法兰朵曼声曼陀林

伴着音乐与乐音

卡拉班檀蒂那

卡拉班檀图

法兰朵西梨那

法兰度

卡拉班檀度

卡拉班檀蒂

法兰朵西腊

法兰兮

笑吧笑吧在倦意到来前

在云雾般的时日之车

还有年月和世纪

麇集于空虚

一切变暗在天空之眼中

瀑布散长发于黑夜

而黑夜上床休息

任其月亮枕卧了天空

我以眼睛疲倦了风景

风景一路赶向地平线

在树影下小憩如溺亡

我此时此地溶化成许多事物

我是萤火虫我将丛林的枝丫一一照亮

即使飞翔时我仍保留着行走的样式

我不仅是萤火虫

还是飞行中的空气

月亮从我穿身而过

两只鸟迷失在我胸中

无法挽救

随后我是树木

做树木时我保留着萤火虫的样式

以及天空的样式

以及我作为人的行走我悲伤的行走

如今我是玫瑰我说话用玫瑰的语言

我说

日日经过的玫瑰

每日的玫瑰经

向日的玫瑰秘径

火焚我玫瑰静谧之秘境为精金

我行走在白天的小火山

我害怕火山

但火山回应

逃亡奔向我鼾声的深处

我是雷霆的玫瑰我清清嗓子

我被囚禁拖曳自己的镣铐而行

我饮下的星球在我腹中吱响

船头向着雷暴在衍生的游行中

我宣告自己的力量和咆哮

我的气管喘息在深沉的地上

在大海与群山之下

随后我是飞鸟

我用颤声指摘白昼

白昼横穿我的咽喉

如今我只能说

安静我要歌唱

我是这世纪唯一的歌者

全部的无限属于我

我的谎言闻起来像天国

仅此而已

我现在是大海

但我保留下若干火山的样式

树木的样式萤火虫的样式

飞鸟的人的玫瑰的样式

我说话好像大海我说起

从恒顶到天平线

我是山翼在海蓝

起舞于飞水粹沫

一道荧流跟着另一道

波丝在蛛浪我的摺蓝

绿雀在流森的月下

从峰波到无限环

当飑台风拽咆

波卷将自己的涛线投向海滩

有一处船邃在呼喊求助

我恍若不闻

凝望着慵懒的潜迹穿过我的返踪

亚航标及其哞吼

崖风的梯浪

无波的梯浪

不休息直到咬上高域的边缘

直到抵达地渊

此时海盗歌唱

我倾听身披青蓝

  帆在海上光闪

  风在月中呻吟

  雪白里升起响动

  浪的翅膀在我的蓝[1]

---

1 此处四句戏仿西班牙浪漫主义诗人何塞·德埃斯普龙塞达的长诗《海盗之歌》中的段落:"月在海上光闪 / 帆在风中呻吟 / 轻快的运动中升起 / 浪的银与蓝。"

大海将分开分开让最初的溺亡者通过

他们服满了自己的刑期

在无数世纪更多世纪之后

将行走于地上携玻璃的凝视

将攀登他们预言之辞的山冈

将变成一个个星座

那时将有火山出于波浪间

宣告我是王

要带给我星云的风琴

要知晓岛屿是我头上的冠冕

浪涛是我唯一的宝藏

我是王

国王歌唱女王

天国歌唱天女

阳光歌唱光阴

光追寻眼睛直至将它找到

天空歌唱以其天文舌灿

而光芒以其磁力语言

正当大海舔着女王的脚

女王永远在梳妆

我是王

我告诉你们当行星穿过黑夜

从另一侧而出时认不出自己

比进入白昼时更甚

甚至不记得自己的名字

谁是它的父母

告诉我你可是翠鸟的儿子

或者一只口吃鹳鸟的孙儿？

或者我在荒漠中看见的那头长颈鹿

它专注于取食月球的草场

或者你是长着金字塔般眼睛的被绞死者的儿子？

某一天我们会知道

你将无秘密而死

从你的坟茔将出来一道彩虹如电车

从彩虹将出来一对爱侣正在做爱

从爱出来一座流浪的雨林

从雨林出来一支箭

从箭出来一只兔子逃离田野

从兔子出来一根带子指引它的路

从带子出来一条河一场暴雨将拯救兔子于它的追踪者

直到兔子开始攀爬一道目光

藏躲在一只眼睛深处

我是王

溺亡者将绽放只要我一声令下

你们要用彩虹绑上海盗

你们要把风绑在女巫的长发

我是王

我将绘制你的星象如一份战斗方案

听见这一切彩虹便远去

彩虹你向何处去

莫非不知道有杀手在条条路上？

虹霓成链于支柱

水银柱节日盛装为我们

三千两百米红外线

一头支在我脚上另一头在基督的伤

彩虹的礼拜日为大天使

何处是弹射流星的弓手？
暴张的弓手
穹顶下宽宏的强弓手和他凡俗的
梵婀玲和他泛紫的梵婀玲和他烦忧的梵婀玲
眉弯的虹弓在我弘古的穹隆
虹弧的疆域中有暗藏的宝弦

有花朵装配如钟表
花瓣完美咬合如齿轮
此时一匹马开始奔上彩虹
此时目光卸下过于充满的眼睛
一瞬间无数日落从平原四散
天空在期待一架飞行器

而我静听亡者的笑声于地下

第六歌

珍宝　　神明　　和软体动物
结系
　　　　　　夜
　　　　　结
心房
那时的方向
　　　　　　　结在颤动中
可伸缩的心　　神明
一二三
　　　　　四
泪珠
　　　我的灯烛
　　　　　　　　和软体动物
胸膛向着动听者
结系珠宝
颤抖中的烦恼

平常的厌倦

　　　　或许成为激情

　　　　　死亡　大提琴

一盏烛台　眼睛

　　　　　　其他其她

水晶若是水晶

水晶化

磁现象

　　　你们知道丝绸

风　花

　　　缓慢云缓慢

丝绸水晶缓慢丝绸

磁现象

　　　丝绸气息水晶丝绸

如此旅行以波动的姿势

水晶云朵

软体动物诚然由大提琴和珠宝

珠宝之死大提琴之死

如此干渴由饥饿或饥饿和干渴

和云朵和珠宝

缓慢

  云朵

    等神灯等阿拉丁灯神

拉丁的阿拉丁　啊拉丁　等灯神失神

水晶云朵

何处

     在何处

缓慢地缓

    神灯等身

啊灯神顶神灯如拉丁神人

乞求眼睛

     我有珍珠母

在丝绸水晶云朵

水晶眼睛

     和香气

美丽店铺

水晶云朵

    死亡珠宝或委于尘土

因为永恒因为永的恒

    缓慢地缓

偶然的水晶眼睛

美妙如许

    在洋海之间

海之景

名字相赠

    于眼睛书页魔法师

高些高些

巴别塔的号角

请求珍珠母

    拥有死亡

一二和四 死亡

为眼睛在洋海之间

为船只在香气中

为珠宝至无限

穿上天空毫无晕厥

摘下如许奇迹

那水晶眼睛

以及游历
    花朵与枝条
向着荣耀颤音
     神明
继续旅行　结与夜
会给我
  水晶片
    如许偶然
      和夜和夜
风暴拥有
夜和夜
    神明
拥有水晶眼睛水晶丝绸水晶云朵
雕刻丝绸或夜
雨
  羊毛花朵换眼睛
   花朵换云朵
   花朵换夜
先生地平线来了来了

门

照亮黑

门朝向雕像的去途

雕像源自那种温情

去哪里

从那里来

    景色风丝绸

景色

   先生绿色

谁会说

正远离

谁会说水晶夜

如许傍晚

如许天空升起

先生天空

    水晶天空

而火焰

    在我的王国

锚定黑夜神明

系结于

    风暴

锚定天空

      及其根系

命运如许偶然

滑动曾滑动

草原自我熄灭

为谁而梦

启明月水晶月亮

在其中他做梦

在其中我统治

     从他的铁

锚定我的燕子

他的依靠在海上

我的天使

    如许幽暗

      如许颜色

如许雕塑如许气息

大地和手

舰队如许武装

装甲长发

眼睛庙宇

    以及乞丐

爆发的心

山的塔

钟的岭

珍珠鸣响

珍珠召唤

再会的荣誉

    水晶云朵

传言和蝴蝶结

女泳者

  水晶夜

无法修复的美杜莎

将说出幽灵

   水晶丝绸

遗忘着毒蛇

遗忘着他的双腿

他的双眼

他的双手

他的耳朵

飞行员

    在我的恐惧中

风在一旁

燕陀铃和曼子

风陀铃和漫卷

被埋葬

钟群

被埋葬的遗忘

在他耳中

     北方风

我的水晶

永远的沐浴

     打结夜

荣耀颤音

    毫无晕厥

向如此奇迹

以其雕像

夜与枝条

    水晶睡梦

    水晶旅行

花与夜

及其雕像

    水晶死亡

第七歌

啊噫 啊噫啊 啊噫啊

噫啊 噫啊 噫啊 啊噫啊 呜噫

忒腊啦呖

啦唎 啦喇

啊噜啊啊噜

   呜噜啦哩噢

啦唎喇

灵必薄兰 兰 兰

呜噫啊亚 嗦由哪离噢

      啦唎喇

蒙噜忒雷星 蒙噜忒雷耀星

       啦喽噜

蒙忒雷阳与曼多忒力哪

啊噫 啊噫

   蒙忒冈南 于拉南多

   蒙忒冈阳

噜斯嘶彭塞多 嗦离哪唎噢

噢露腊啰 无唎萨门托 啦唎喇

伊方舟卡 穆尔尤尼亚

奥尔玛哈无玛 玛力哈无达

密特拉登忒

密特拉顿息

密特拉高长

嘛忒唎零丁

嘛忒唎江汀

汀上密哪 汀系卡 啦唎喇

同航员

汀兰德啦 呜露啊啰

噫啊 噫啊 坎琶怒娑 节拍赛多

忒腊啦喇

啊噫 啊噫 海新生与永航员

雷冬忒星 车间中咄 光瑟台

噫啊 噫啊

啦离般吧

啦林般般普兰哀雷星

啦离般般骨哀雷星

雷噫啦蒙吧离离兰啦

    呖离兰

啊噫 噫 啊

天时利亚

啊噫 啊噫 啊噫啊

呜噜啦吁

   噜啦吁

     啦吁 吁

呜噜啦吁

   呜啦吁

   呜呼

     吁

月当咄多

森娑离嗒 及因非门忒

呜噜啦呦 呜噜啦门忒

布雷加呜

歌所离噢 呜噜啦新

噢啦内瓦 吁 吁 呦

天时比噢

无尽雷啰 与无尽航员 速啰西亚

哈无离哪离噢 呜露呜啦吁

蒙塔冈咄 噢腊腊呢亚

噢落曦亚 呜噜呜啦森忒

长生曷华

   伊瓦离萨 她离腊

坎琶怒谛噢 啦啦呖

      噢金炽娑 噢啰呢他

啦啦呖

  噫噢　噫啊

（噫 噫 噫 噢）

啊噫 啊 噫 啊噫 啊 噫 噫 噫 噢 噫啊

看与触摸

（1941）

再会

北方的蝴蝶临近以及天真

在她地质学的轴心上旋转并伴有光环

赶在我们用视线追随的直升机花朵

奔向无遮掩的怡人香气

于火山口坠落之先

山岭的血无尽喷涌

都因它的花朵与它的遗忘

在风的平静注视下

你们给我怎样的高度为头颅的消暑

我挑战你们所有人我挑战

飞鸟将产卵在未来之上

呼喊着更加糟糕

我给你们带来高鹜的问候

他曾与燕子与墓地游戏

风车黄昏与坟茔好像海的衣兜

我给你们带来高鹭的致意

他离开自己的肉体奔向惊诧的风

再会了诸位

再会了树木与石头

家庭成员

眼睛对眼睛

空间对空间

先生现在几点钟

我没法回答您

我是月亮的外甥

鼻子对鼻子

月亮对月亮

女士今天星期几

我没法回答您

我是北风的女儿

脑袋对脑袋

风对风

先生这是什么城市

我没法回答您

我是海洋的父亲

嘴巴对嘴巴

海对海

女士这条路通向哪儿

我没法回答您

我是时间的表妹

耳朵对耳朵

时间对时间

先生人生有多远

我没法回答您

我是天空的舅舅

声音对声音

土地对土地

脚对脚

天空对天空

哑巴的家庭有小提琴的血液

上街必迈右脚走向我们的风景
用匕首切断与自然的瓜葛
在一只迷失在空间的眼睛里远去

蛋与无穷之歌

城市逃走在词语的疾驰
他害怕树木的钳子
以及黑夜的手
灵魂飞翔带着固执的肉体
灵魂包满羽毛和透明的彗星
当语言的基座模仿大海
一只鸟飞在记忆的岸边
因为一个孩子丢失了记忆

一海洋的孩子为一个孩子
一山岭的鸟儿为一只鸟
一条河的眼泪为一滴泪
一天空的星星为一颗星

一天里每小时掉下一个不同的蛋
掉下一个光的蛋和一道蛋的光

一个白色的蛋

一个蓝色的蛋

一个绿色的蛋

一个红色的蛋

一个快乐的蛋

一个悲伤的蛋

一个黑色的蛋

一个蛋的蛋

一个接一个从彩虹掉下来

从彩虹抖落咯咯咯每一声喔喔喔

蛋喊叫着好像花朵

哭起来好像花朵

当有人踩到花朵的脚的时候

蛋在开花

花朵在孵化

趁着目光注视的热量

一个蛋裂开太阳出来

太阳永远带着他的卡路里和他的钻石

哪个是你的光哪个应该是?

多美的风景

这风景在胸口长着毛

我的头用耳朵的轮子转动

直到世代的尽头

她在黄金时代变成黄金

在黑铁时代变成黑铁

在石器时代变成石头

又用投石器被投向无穷

多美的风景

无穷从一个蛋里出来又下了一个蛋

然后又一个蛋

更远处又一个蛋

一场蛋的游行

一条蛋的道路

蛋的银河

美丽得好像一个橙子敞开自己的门

好像一只蝴蝶变回卫星

有一个蛋立在海的边缘

一个蛋倾听海的流言

一个蛋里面装着海和海的流言

他想要回到彩虹的肚子里

或者与一百万个歌唱的蛋玩耍在沉默的天界

我们看见了一个空气的蛋好像一种遗忘的空气

好像一只空气的眼睛

好像一道空气的急流在急流的空气里

一个蛋在暴风雨上面跳舞

在海难者滑动的坑穴之间

于是所有的面颊都变得苍白

发生了天空的震颤

所有的蛋都破裂

所有的眼睛都闭上

遗忘国公民

（1941）

在时间耳畔

我有巨大的幻梦积聚财宝在树木根系中

我有一项职业为大海带去死亡
我四方奔走时与有翼之物相似
我偶尔歌唱因为泪水变得过于沉重

宇宙来我手中啄食
不知情的人笨拙地将它驱赶
我有巨大的渴望且因一切而羞耻
仿佛一个时辰停顿只为乞讨面包
仿佛那个无法说出心中所愿的人
沉埋在他种族的深处

我观望在极高处一切变为空气
我观望大地的巨眼
怎么办怎么办

失眠的月亮温柔地经过

无意志的河流在沉默中迷醉

光芒浸润在忧虑之港的路灯里

同样不知该说些什么

一如照亮海之橱窗的灯塔

河流拥有悲伤

以及一定数量的沉醉的眼睛

黑夜或许会迷误

树木或许会漂泊无方

随后一切离开

而我望着大地及其绝望的距离

当浪涛彼此谈论

没有形式没有颜色

没有生命最终在这无光之光中

受造物消失连带着它们的预兆

它们的思想它们的感觉和它们的形象

以及它们囚徒本质的梦境

光芒四射的空无

并无光芒也无幽暗

空无的非和谐之和谐

空无与无有之万有

要看到这些必须复活两次

要有所感觉必须先死去

最后的诗

（1949）

西班牙[1]

夜间的背叛者泥沼般的灵魂

毒蛇的弟兄与丧吊的衣服

他们刺穿你美丽的希望之星

海藻与暗影之间亡灵的河流之间

大海嘘气建造泪水的金字塔

致命的阶梯与谱血的音乐

如伤员车辆经过的云朵下面

天空一片远程火炮的浊色

史诗属于人民吁求自身的命运

---

[1] 这首诗最初发表于《蓝工装》杂志第 20 期（1937 年，马德里）。《蓝工装》（1936—1939）是西班牙内战期间反法西斯知识分子联盟的机关刊物，西班牙诗人安东尼奥·马查多、米格尔·埃尔南德斯、阿尔贝蒂、塞尔努达、阿莱克桑德雷，以及智利诗人聂鲁达、法国诗人马尔罗等都曾在该杂志上发表诗文。

向天空扬起额头又打破阔大的胸膛
鬼魂起舞于罹病的海船之间
在人类滋养墓园的夜晚

士兵们经过海浪经过风经过

仿佛音符出自一支惊吓岁月之歌
无尽的和弦与她的雨水和她的人群
消失在黄昏下的墓穴里

光芒的军队在死亡边缘
丛林耸立而士兵在歌中经过
这是烛火与风的盲目伟大之旅
你们不会再见到那些士兵

一队接一队跃向地平线
赶来海滩赴死的浪涛
太多微笑太多鲜血太多倒下的英雄
离开他们的身体仿佛离开工厂

人类的记忆不如这轮月亮

迷失了头脑落入大海

然而那些经过的士兵的面庞

你们已永难忘记

挣扎挣扎玫瑰与石头

四方的风在最高的塔顶相撞星散

将落下一千颗星与中折的龙骨

每一颗在地上将拥有不止一百个名字

人民必将强大如自身的雕像

好像那大陆从黑夜中浮现

好像英雄的人马历史的飞驰

为森林的翅膀带去战栗

月桂与月桂与一百头古老的狮子

因电光雷闪而石化

棺木游行在通往沉默的桥梁

自由配得上一颗激情的星球

幽灵经过被缚于阴影
月桂与月桂与雷霆与闪电
哀哭到来荣耀的枝条到来
你们已永难忘记那些士兵

他们鲜活的骸骨深埋于地下
必将化作永恒音乐的琴键

海的纪念碑

平安在水花的咏唱星座之上
她们彼此碰撞好像人群蜂簇的肩头
平安在海上归于善意的波浪
平安在遇难者的墓碑之上
平安在骄傲的鼓声与幽暗的眼睑之上
若我是波浪的翻译者
平安也归于我

这里是充满命运划痕的模型
复仇的模型
狂怒的词句脱口而出
这里是充满美惠的模型
当你温柔如水被群星催眠
这里是无穷尽的死亡自世界的起初
因为某一日将无人漫步于时间
走过陨灭行星铺成的时间之径

这就是海

海与她自己的波浪

她自己的感官

海尝试着打破她的锁链

想要效法永恒

想要成为肺叶或受苦飞鸟的薄雾

或坠压天空的星体的花园

在我们拖拽的暗影之上

抑或是我们被拖拽

当一点钟所有的鸽子猝然飞起

变得比死亡的圈套更黑暗

海进入夜的车驾

驶向深幽所在的奥秘

隐隐可闻车轮的响声

星体的翅翼坠压于天空

这就是海

向永恒遥遥致意

向被遗忘的天体

和熟知的群星致意

这就是海她醒来如同孩子的哭泣

海张开眼睛寻找太阳

用她颤抖的小手

海推动波浪

她的波浪被种种命运淘洗

你起来向人类之爱致意

倾听我们的笑声也听我们的哭泣

听数以百万的奴隶的脚步

听无尽的抗议

来自名为人类的挣扎

听千年的痛苦来自肉身的胸膛

和日日从自身灰烬中重生的希望

我们也倾听你

如何咀嚼无数落入你网罗的星球

咀嚼溺亡的世世代代

我们也倾听你

当你在痛苦的床上辗转

当你的角斗士彼此击打

当你的怒气令经线爆裂

抑或当你诅咒人们

或当你装作睡着

颤抖在你浩渺的蛛网等待猎物

你哭泣却不知为何哭泣

而我们哭泣并自信知晓原因

痛苦吧如同人们受苦

但愿能听见你在夜间切齿

又辗转在床榻

但愿无眠不让你从痛苦中安歇

但愿孩子们朝你的窗子丢石子

揪掉你的头发

猛咳吧让你的肺叶崩裂成血

但愿你的弹簧生锈

你被践踏如同墓地的草坪

然而我是流浪者我害怕你听见

我害怕你的报复

忘掉我的诅咒让我们一起歌唱在今夜

变成人吧就像我有时变成海

忘掉不祥的征兆

忘掉我的草地的爆发

我向你伸出手如花朵

让我们讲和我对你说

你是更强大的那个

让我紧握你的手在我手中

让平安在我们中间

我感觉到你紧挨我的心

当我听见你的提琴的呻吟

当你躺在这里如同孩子的哭泣

当你面朝天空沉思

当你在枕上饱受折磨

当我听到你在我窗后哭泣

当我们不知为何哭泣就像你的哭泣

这里是海

城市的气味来海中淹灭

在海的怀抱里船只和鱼群及其他欢乐之物麇集

那些船只在天际边捕鱼

那些鱼群在倾听每一束光线

那些海藻及其世俗之梦

那波浪歌唱胜过一切侪辈

这里是海

海伸展又附着于她的海岸

海用她的波浪裹覆群星

海有被折磨的肌肤

血脉中的惊恐

和她平安的白昼与歇斯底里的夜

在另一岸有些什么在另一岸

你藏了些什么在另一岸

生命的开端漫长如蛇

或死亡的开端比你自己更深

高过所有的山巅

在另一岸有什么

千年的意志创造形式与节奏

或夭亡花瓣的永恒龙卷

这里是海

海向两侧敞开

这里是突然裂开的海

为了让眼睛看见世界的开端

这里是海

从波浪到波浪有一生之久

从她的波浪到我的眼有死亡之宽

附 录

创造主义 [1]

创造主义并非一个我想要推行的学派；创造主义是一种普遍的美学理论，我自1912年前后开始酝酿，在我第一次巴黎之旅前的书和文章中，你们就可以看到最初摸索和探寻的痕迹。

在智利的《青年缪斯》杂志第五期，我曾写道：

"文学的王国已终结，二十世纪将见证诗歌的王国诞生。我说的是真正的诗，即创造，正如古希腊人对诗的定

---

[1] 最初版本为法文，收入1925年在巴黎出版的《宣言集》（*Manifestes*），后于1945年智利圣地亚哥出版的《选集》中收录了此篇的西译文，此处据后者译出。

义,尽管他们未能将这一命名变为现实。"

后来,1913年或1914年前后,我在一次访谈中表达了相似的看法,该访谈收录在《理想》杂志刊发的我的诗选之前。在1913年12月出版的《日往月来》的第270页,我也曾说道,诗人唯一应该关心的是"创造的行动",我一再强调这种创造的行动,与时俗的评论对抗,与周边环境促成的那种诗歌对抗。创造之物对抗歌咏之物。

在我写于1914年假期,出版于1916年的诗作《亚当》中,序言谈到诗歌的构造时引用了爱默生的这些话:

"一种热烈奔放、生气勃勃的思想,好像动植物的精神,具有自己的结构,用一种全新的东西装点自然。"[1]

然而这一理论的完整阐释还是要等到1916年6月,我在布宜诺斯艾利斯文艺协会的讲座。正是那一次之后,

---

[1] 引自爱默生的散文名篇《诗人》,蒲隆译。

我得到了"创造主义者"的称号，因为我在讲座中说诗人的第一要务是创造，第二是创造，第三还是创造。

我记得与会的一位阿根廷教授何塞·因赫涅罗斯，在讲座后邀请我和几位朋友吃饭时对我说：

"在我看来，您关于各部分都由诗人创造的诗歌梦想是无法实现的，尽管您的陈述非常清晰甚至可以说是有科学性。"

这观点听来耳熟，在德国及其他我曾阐释自己理论的地方，也有些哲学家表达了类似的看法："很美，但无法实现。"

为什么无法实现？

此处我引用1922年1月在巴黎阿连蒂博士的哲学与科学研究组所作讲座的结束语来回答：

"如果人类已经征服了大自然的三大王国，矿物王国、植物王国和动物王国，凭什么不能加上人类自己的王国，他的创造的王国？"

况且，人类已经发明了新的生物，能跑，能飞，能游，用它们肆无忌惮的奔跑，它们的喊叫和叹息充满了大地、天空和海洋。

在科技中实现的也同样在诗歌中实现。我来告诉你们什么是我所理解的创造的诗。组成这首诗的每一部分和整体都呈现出新的事实，独立于外在世界，与一切自身之外的现实无关，作为一个特殊的现象在世界中发生，区别于其他一切现象。

这样的诗只可能生成于诗人的头脑中；她的美不在于让人想起了什么，不在于唤起了我们见过的美的事物，也不在于描写了我们可能看到的美的事物。她美在自身，不接受与其他事物比较。她不可能在书页之外的地方被孕育。

当我写道："鸟儿结巢于彩虹"，我是在向你们呈现一个新现象，一样你们从未见过，你们永远不可能见到，但你们会很乐意见到的事物。

一位诗人应该说出除他之外再无可能被说出的事物。

创造的诗歌获取宇宙发生学的维度；为你们时刻提供真正的崇高，关于这崇高众多文本中只给出缺乏说服力的例证。是没有抱负，没有恐惧，无意压倒或碾压读者的崇高；是一种袖珍的崇高。

创造主义诗歌由创造的意象、创造的概念组成；不排除任何传统诗歌的元素，只是在这里，那些元素都被重新发明，毫不在乎所谓现实或实现行动之先的真实。

所以，当我写道："洋海解体／被吹哨的渔人们的风吹拂"，我呈现的是创造的描写；当我说："暴风雨的铸锭"，我呈现的是纯粹创造的意象，而当我说："她美得无法说话"，或"戴礼帽的黑夜"，我给你们呈现的是创造的概念。

*

没有反常就没有诗歌。从一首诗变为寻常之物的那一刻，就不再令人激动，令人称奇或困扰，因而不再是诗，因为困扰、神奇及撼动我们的根基才是诗歌的固有本质。

一首诗的生命取决于它电量的持久。我自问是否有永恒的诗歌。

显然对我们来说寻常的一切无法让我们激动。一首诗应该成为反常之物，但却是由我们时常接触的材料，邻近我们内心的东西组成，如果反常的诗也由反常的元素组成，我们只会惊异而不会感动。

令人惊异之物不能传递，不能将灵魂高举到有意识的眩晕。

只有真正的诗人才能将我们身边的事物赋予充足的能量来令我们感到神奇；只有成为诗人才能串起每一天的词语在欧司朗的白炽灯丝，并让这内在的光源将灵魂加热于我们奔赴的高度。

诗人是一架高频的精神引擎，是他让没有生命之物得生命；每个词、每句话，都在他的咽喉获得自我的新生命并在读者的灵魂中筑巢又火热跳动。

诗人就在于拥有某种特殊的人性剂量，为穿过他机体的一切赋予一种深邃的原子电流，给这些词以从未有过的热力，让词语更变维度与颜色的热力。

*

……在写给我的朋友批评家托马斯·查萨勒的信里，我这样解释了《方形地平线》(*Horizon Carré* /

Horizonte Cuadrado）的书名，当时我的这本诗集刚刚出版："方形地平线。一个新的事实由我发明，由我创造，没有我便不会存在。亲爱的朋友，我想在这个标题中概括我全部的美学，你已经有所了解。"

那个标题阐释了我的诗歌理论的整个根基，在其中浓缩了我一切原则的本质。

1. 将物体人性化。通过诗人机体的一切都应获得尽可能多的热量。在此处，地平线这样一种广袤、阔大的事物，被人性化，变得内在、亲切，都要感谢形容词"方形"。无限进入我们心灵的巢中。

2. 化模糊为确切。关上我们灵魂的窗子，能逃脱并变为气态之物将被困住留下并固化。

3. 化抽象为具体，具体为抽象。就是说，完美平衡；因为如果抽象过分倾向于抽象，就将在我们手中解体或从指间漏走。如果我们让具体更具体，或许会在喝红酒或房间陈设家具时有用，但却无论如何无助于陈设我们的灵魂。

4. 过分诗意而无法被创造的事物化为创造，只要我们改变其通常的含义。如果地平线本身是诗意的，如果地平线已经在现实中是诗歌，加上修饰语"方形的"之后就变成艺术中的诗歌。从死诗歌成为活诗歌。

这些简短的文字解释了我的诗歌观,出现在《方形地平线》第一页,说明了我写这些诗的目的。我写道:

"创造一首诗就是从生活中找出主题加以转化从而赋予其新的独立的生命。

"不要情节也不要描写。情感只应在创造的能力中诞生。

"创作一首诗就像大自然创作一棵树。"

这些正是我到巴黎前对这种纯粹创造行动的看法,读者不难在1912年以来我作品的各部分里找到。我现在的诗歌观仍是如此。诗歌在自身的各部分皆被创造,就如一样全新的事物。

我在这里重复这一公理,我曾在1921年马德里文艺协会的讲座上提出,最近又在巴黎索邦的讲座上提到,作为个人美学原则的总结:"艺术是一回事,自然是另一回事。我爱自然。如果你们把人类对自然的表现当作自然,这只能说明你们既不爱自然也不爱艺术。"

总而言之:创造主义者已成为最先的诗人,为艺术贡献出各部分皆新造的诗歌。

这些关于创造主义的文字,便是我的诗歌遗嘱。我留给明天的诗人们,他们将成为第一批新的族类,诗人这一新物种即将诞生,我相信不会很久。天空中已彰显征兆。

如今的那些拟似诗人很有趣,但他们的有趣之处我不感兴趣。

风把我的笛声带往未来。

逆风（1926，节选）

*

女王赤裸的时候是女人。女人赤裸的时候是女王。

*

仇恨是一切弱者的弱点。

*

有些吻在夜间如萤火虫般闪亮。

*

只有疯子才能分清理性与疯狂的界限。

*

请好好培养你的缺点：那或许是你身上最有趣的东西。

*

夏娃在乐园里送出一个苹果；

失乐园后她开始卖苹果。

*

——我是律师，我是工程师……

——与我何干？这些只能证明你的局限所在。

*

这个人无聊得好像一部完美之作。

*

不要用你的心头血写作。——谁在乎你的心！

*

另一个给音乐家的忠告：海船比塞壬唱得更美妙。

＊

在面具舞会上，不戴任何面具的人隐藏得最深。

＊

生活就是积累遗忘。——你记得吗？

悲剧（1939）

玛丽亚·奥尔加是个迷人的姑娘，特别是叫作奥尔加的那部分。

她嫁给了一个高大壮实的小伙子，他有点儿笨拙，头脑里满是光明正大的思想，好像行道树似的一板一眼。

可她嫁人的只是叫作玛丽亚的部分。奥尔加依然独身，并有一个活在她爱情里的情人。她不明白为什么丈夫会生气，指责她不贞。玛丽亚很忠贞。奥尔加和他有什么相干呢？

她不明白他为什么会不明白。玛丽亚尽着她的义务，奥尔加爱着她的情人。

有一个双重的名字以及随之而来的后果都是她的过

错吗？

就这样，当丈夫抄起左轮手枪的时候，她睁圆了大大的眼睛，不是出于恐惧，而是充满了惊奇，难以理解这样荒唐的举动。

可其实丈夫错了，他杀的是玛丽亚，不是奥尔加。奥尔加还活在情人的怀抱里，我相信她依然幸福，非常幸福，只是变成了左撇子有点儿不习惯。

致维多夫罗的信[1]
贡萨洛·罗哈斯

（赵振江 译）

1

对二十一世纪没有信心，但无论如何会发生什么，

人们会再次死去，无人知晓什么人

会出生，另一种物理的释放

会使地球的磁化更紧迫

因而眼睛将在奇迹中获胜而旅行本身

---

[1] 选自《太阳是唯一的种子》，赵振江译，商务印书馆，2017年。

将是精神的飞翔，将不分季节，比如只要打开
夏季之锁，我们就会沐浴
阳光，姑娘们
由于星系的运作和美德将在那九个月
持续美丽，分娩后
补充的另外九个月，任凭创世前的落叶松生长，
这样在另一时段
激荡的潮水将翩翩起舞，
另一种更新鲜的血液的节奏，由于拒绝舞蹈
将使人一下子化作腐殖质
并变得更加谦虚，
更是大地。

2

啊，另一个无法预测的事情，"现实"的机器
渐渐老化，不再有毒品、
可悲的影片、过时的报刊
也不再有卑鄙掌声的商品——分散和轰鸣——

这一切都将在创造的赌注中老化，眼睛

重新成为眼睛，触觉

重新成为触觉，太空永恒的鼻子

在不断地发现中，

私通将使我们自由，如达里奥所说，

我们将不再用英语思考，

我们将重又阅读希腊人，在世界

所有的海滩上，人们将又说伊特鲁里亚语，

在第四个十年的高度，各大陆将连在一起

因而南极将带着绿松石蝴蝶的全部诱惑

融入我们，开往各个方向的七列火车

将以陌生的速度从它下面经过。

3

耶稣基督不会如期来到我们目光所及之地，

无形的铝质鸟儿将代替飞机，当二十一世纪关闭

瞬间之事将占上风，我们将不是

变迁的见证，作为先驱

我们将在尘埃中入睡,和母亲一起
她们使我们成为芸芸众生,由此
我们会将持久的规划欢庆,让太阳停下脚步,
一下子有如神圣。

　　　　　　　　　　　写于南极,繁星别墅
　　　　　　　　　　　1993 年 3 月
　　　　　　　　　　　〔1996〕

比森特·维多夫罗年表

1893年1月10日，生于智利圣地亚哥，十二岁开始最初的诗歌创作。十七岁入智利大学。

1912年—1913年，先后创办《青年缪斯》《蓝色》两种杂志。出版最初的诗集《灵魂的回响》。

1916年，赴布宜诺斯艾利斯做讲座，从此得名"创造主义者"。结识了奥尔特加·加塞特等西班牙知识分子。同年赴欧洲，在马德里结识了拉蒙·戈麦斯·德拉·塞尔纳等人。定居巴黎。

1917年，出版第一本法语诗集。

1918年，回到马德里，出版《水镜》，献给两位朋友——西班牙立体主义画家胡安·格里斯和立陶宛裔雕塑家雅克·利普奇兹。出版《赤道》和《北极诗》，以及法语诗集《埃菲尔铁塔》。

1919年，预告《高鹫》的诞生。

1922年，在巴黎举行图像诗展览。

1923年，出版《不列颠之终末》抨击英帝国的殖民主义。数月后短暂失踪又现身，自称被英国特务绑架。

1925年，回到智利。因在《行动》杂志发表社论抨击当局，右翼分子将其殴打后丢到自家门口,同时抛下一个破裂的骷髅头以示威胁。学生联盟推举他为总统候选人,媒体称之为"创造主义候选人"。

1926年,出版散文和格言集《逆风》。在一些文学杂志上发表未来长诗《高鹫》的片段。当选议员候选人。与博尔赫斯等人编写出版《新美洲诗歌索引》。

1927年,访美,电影剧本《卡里奥斯特罗》获奖。

1928年,秘密回到智利,与情人私奔欧洲。

1929年,在马德里出版小说《勇士熙德》。

1930年,发表《高鹫》片段。计划在安哥拉建立艺术家庇护所,躲避"下一场世界大战"。

1931年,在马德里出版《高鹫》和《天空的震颤》。

1936年,出版杂志《大全》,共两期。西班牙内战爆发,赴西班牙。

1937年,参加在瓦伦西亚举办的第二届知识分子捍卫文化大会,声援西班牙共和国。

"他们鲜活的骸骨深埋于地下 / 必将化作永恒音乐的琴键"。

1939年,出版小说《萨梯,或词语的力量》。

1941年，出版诗集《看与触摸》和《遗忘国公民》，收录1923—1934年间诗作。

1944年，作为战地记者赴欧洲。

1945年，随盟军队伍进入柏林。自称在"狼穴"缴获了希特勒的私人电话。负伤，住院治疗。

经巴黎、伦敦、纽约（与布勒东、杜尚等老友重聚）辗转回到智利。

1948年1月2日，在智利海边小城卡塔赫纳去世。据说死前最后一件事是要来镜子，看了自己最后一眼。

图书在版编目（CIP）数据

宇宙来我手中啄食：维多夫罗诗选 /（智）比森特·维多夫罗著；范晔译. — 南京：译林出版社，2023.11
（俄耳甫斯诗译丛）
ISBN 978-7-5447-9856-3

Ⅰ.①宇… Ⅱ.①比… ②范… Ⅲ.①诗集－智利－现代 Ⅳ.①I784.25

中国国家版本馆CIP数据核字（2023）第150068号

宇宙来我手中啄食：维多夫罗诗选 ［智利］比森特·维多夫罗 ／著 范晔 ／译

丛书主编	凌 越
责任编辑	张 睿
装帧设计	陆智昌
校　　对	孙玉兰
责任印制	闻媛媛

出版发行	译林出版社
地　　址	南京市湖南路1号A楼
邮　　箱	yilin@yilin.com
网　　址	www.yilin.com
市场热线	025-86633278
排　　版	南京新华丰制版有限公司
印　　刷	南京爱德印刷有限公司
开　　本	787毫米×1092毫米 1/32
印　　张	8.125
插　　页	4
版　　次	2023年11月第1版
印　　次	2023年11月第1次印刷
书　　号	ISBN 978-7-5447-9856-3
定　　价	68.00元

版权所有·侵权必究

译林版图书若有印装错误可向出版社调换。质量热线：025-83658316